外国经典诗歌珍藏丛书

阿波利奈尔诗选

柳鸣九 / 主编　李玉民 / 选译

时代文艺出版社

图书在版编目（CIP）数据

阿波利奈尔诗选 / (法) 阿波利奈尔著； 李玉民选译. — 长春：时代文艺出版社， 2020.2
(外国经典诗歌珍藏丛书 / 柳鸣九主编)

ISBN 978-7-5387-6191-7

Ⅰ. ①阿… Ⅱ. ①阿… ②李… Ⅲ. ①诗集－法国－现代 Ⅳ. ①I565.25

中国版本图书馆CIP数据核字（2019）第237034号

出 品 人　陈　琛
产品总监　邓淑杰
责任编辑　冀　洋
封面绘画　刘星宇
装帧设计　孙　利
排版制作　毛倩雯

阿波利奈尔诗选

[法] 阿波利奈尔 著　李玉民 选译

出版发行 / 时代文艺出版社
地址 / 长春市福祉大路5788号　龙腾国际大厦A座15层　邮编 / 130118
总编办 / 0431-81629751　发行部 / 0431-81629755　北京开发部 / 010-63108163
官方微博 / weibo.com / tlapress　天猫旗舰店 / sdwycbsgf.tmall.com
印刷 / 三河市万龙印装有限公司
开本 / 880mm × 1230mm　1 / 32　字数 / 296千字　印张 / 15
版次 / 2020年2月第1版　印次 / 2020年2月第1次印刷　定价 / 44.00元

图书如有印装错误　请寄回印厂调换

编者、译者简介

李玉民

北京大学西语系毕业，首都师范大学法语系教授，从事法国纯文学翻译二十余年，译著五十余部。主要译作有：雨果小说《巴黎圣母院》《悲惨世界》；巴尔扎克小说《幽谷百合》和戏剧；莫泊桑小说《漂亮朋友》《一生》《羊脂球》等；《加缪全集》中的“戏剧卷”；大仲马小说《基督山伯爵》《三个火枪手》《纪德文集》五卷；阿波利奈尔诗选《烧酒与爱情》《艾吕雅诗选》等。

畅饮宇宙的诗人（序）

李玉民

畅怀豪饮莫过于诗人。“百年三万六千日，一日须倾三百杯。”“三杯通大道，一斗合自然。”这是中国诗仙的狂放之语。有如此海量者，外国也不乏其人，且看：

整个宇宙浓缩在这杯酒中
这酒包容海洋动物和植物
包容城市命运和歌唱的星
这一切这一切酿成这醇酒
巴黎欲饮的酒
让我一醉方休

中国诗仙同这位外国骚客，可以说堪称对手。二者都以饮酒为题，极意铺张，酣畅恣肆；所不同的是，谪仙人日倾三百杯，清俊飘逸，从容自适，而这位洋诗雄却一杯干下宇宙，粗犷豪放，行色匆匆。此公正是以《烧酒集》《图画诗集》等作品名重诗坛的法国诗人阿波利奈尔。

吉约姆·阿波利奈尔（1880—1918），母亲是有俄罗斯血统的波兰人，父亲则是意大利人。私生混血儿，天资聪颖，喜爱文学，他十二岁时就诗情萌动。他念中学期间，最爱钻图书馆，把各种书籍乃至词典，都视为至宝，如饥似渴地阅读，尤其倾慕希腊与拉丁文化。他这样杂学博览，为后来的创作打下了坚实的基础。然而，他没有国籍（直到1916年才获准加入法国籍），且家境贫寒，生活无所傍依，不得不同他的弟弟阿尔贝托闯荡社会，过着流浪生活，居于穷巷陋室，混迹市井底层。他很早就开始捕捉这日常世界的奇观妙景，将所见所闻记录到本子上，这就给他的诗歌创作打上了洗磨不掉的生活烙印。

他的职业生涯也五花八门，不断地寻找可心的事情干，曾为一些作家当过捉刀人，还当过家庭教师、按稿计酬的记者、银行职员，同朋友一起创办过短命的小刊物。直到1908年，他才放弃银行的工作，决心靠笔耕生活，成为撰稿人和诗人。总之，他一生萍踪不定，浪迹欧洲不少地方，可谓见多识广。他还结交三教九流，什么都想尝试，下过妓院，上过战场，在生活的激流中争当弄潮儿。他必须匆匆地生活（乐事有限而短暂，就连在世也仅三十八年），匆匆地创作（随感而发，随地而写，许多诗篇就是在战壕里，垫着弹药箱写就的），不断地探索追求，不断地发现创新。生活躁动多变，创作不拘一格，这两个特点在他身上恰好相辅而行。

从二十世纪初起，阿波利奈尔就同一批青年诗人和画家意气相投，交往密切。他们当时尚无名气，但大多才华横溢，在文学艺术上锐意创新，摆脱传统，开辟文学艺术的新途径，世称先锋派。阿波利奈尔很快就成为先锋派的旗手和理论家。他撰文宣扬立体派、未来派等，文笔犀利，惊世骇俗，给人以耳目一新之感。可以毫不夸张地说，当时年轻的画家、雕刻家、诗人，包括毕加索、马蒂斯等，都是由他大力推荐给公众的。他发表的那些文章，是对新锐文学艺术家的第一批评论，也是对后来应验成为大师级艺术家的最原初、最直接、最鲜活的见证。

他的著名文论《美学沉思录——立体派画家》于1913年结集出版，同年还出版了他的代表作诗集《烧酒集》。在此前后发表的大量诗歌与文艺评论文章，散见于各种报纸杂志。他的第二部重要诗集《图画诗集》直到1918年他去世前的几个月才出版。至于《曾在集》《忧伤的哨兵》《献给璐的诗章》等多种诗集，则是在他身故后整理出版的。他还尝试各种文体写作，发表了小说《坏人心的魔法师》（1909年）、《被谋杀的诗人》（1916年），滑稽剧《蒂蕾齐娅的乳房》、短篇小说集《异教头领及其门徒》等，均出手不凡，显示了作者多方面的才能。

二十世纪上半叶，法国所有文学艺术创新运动，从立体主义、达达主义，直到超现实主义，无不从阿波利奈尔的作品中得到启迪，那么，又该如何给阿波利奈尔这位大诗人定位呢？

阿波利奈尔的坐标在哪里?

“阿波利奈尔要算是二十世纪第一个大诗人，是二十世纪诗歌道路的一位勇敢的开拓者，是一个以其才情、智慧、敏锐、开创精神以及远见的理论视野，指引着二十世纪诗歌新潮流的人物。”

这段文字引自柳鸣九先生《阿波利奈尔的坐标在哪里？》一文，其具体阐述如下：

> 是他（阿波利奈尔），在1913年献出了在法国二十世纪诗坛上将要算是最出色、最重要的一部诗集——《烧酒集》，诗集问世于人们厌倦了帕纳斯派诗歌的一丝不苟之时，体现了对诗歌的一种新追求，它继承了法国诗歌最纯粹、最直接的传统，既有龙沙式的精雕细琢，也有维庸式的自然、强烈而又动人的粗朴无华，而与传统成分并存的，则是浓重的现代色彩。其现成色彩既来自波德莱尔、兰波所首倡的应和、通感、默启、暗示的象征主义艺术，也来自诗人发初于对二十世纪现实生活节奏与速度的敏感之中的对诗歌动感的追求，还来自他在诗歌的语言与形式上的反传统精神：从放弃标点符号、只根据呼吸的停顿与内心感情的起伏来划分诗节，到无视诗歌语言与散文语言的界限、不拘入诗的句型、糅用民歌谣曲的风格与俗词俚语等。这部给法国诗歌带来了浓浓新意的集子，在整个

二十世纪上半叶的巨大影响是任何别的诗集所不能比拟的，而且这种影响至今不衰。

是他，面对着二十世纪现实生活的巨大变化、科学技术的长足发展，以争取艺术领域人类精神解放的执着观念，不断追求艺术风格与艺术形式的创新变革，热情参与当时时代一切朝向这个目的的文化活动。早在1905年至1907年，他是毕加索创作立体主义绘画的赞助者、参与者，是他完成了立体主义的理论建树，被毕加索称为“立体主义的教皇”；1913年，他又以宣言式的文章《未来主义的反传统》为诗歌中立体未来主义树立了一面旗帜，成为未来主义在法国诗歌中的主要代表、在整个欧洲诗歌中成就最高的人物。

是他，继《烧酒集》之后，又向二十世纪文学献出了一个新颖的、充满大胆创新精神与探索尝试的诗集《图画诗集》。这位与二十世纪初期绘画运动几乎形影不离、并且在绘画方面不乏才能的诗人，从中国象形文字得到启发，第一个把造型艺术的意念引入了诗歌，创造出了著名的象形诗……这种诗反映了现代社会信息化的要求，在语言符号之外，开辟了另一个图像信息符号的途径，增加了诗歌的形象性与表象性，使诗歌更能引起想象与遐想，不失为诗歌现代化的过程中的一种创造，事实上，它后来在二十世纪世界诗歌中也产生了明显的影响。

是他，在1917年左右，就开始成为新一代诗人的精神领袖，周围聚集着不久后即将成为超现实主义文学运动主将的苏波、布勒东等一批文学青年，他以不倦的探索创新精神、敏统的感受与活跃的理论思维，最先提出了“超现实主义”一词，对“超现实主义”这一复杂的现代派艺术思潮做出了最初的界说，并且创作了著名的诗剧《蒂蕾齐妊的乳房》，为超现实主义提供了一份最早的文学实绩，紧接着他的这些奠基活动，震撼世界文学的超现实主义从二十年代起就在法国酝酿、发轫并发展壮大起来，成为广泛而深远地影响了文学、戏剧、电影、造型艺术等各个领域的现代主义文艺思潮。至今谁也不能否认，阿波利奈尔是二十世纪最大、最主要的一次文艺运动、文艺思潮的产婆与导师。

在我国的外国文学评论中，阿波利奈尔一直被划入未来主义的行列，但是从阿波利奈尔诗歌创作的基本特色来看，从我们以上所述的法国十九世纪后期以来诗歌创作的特点来看，阿波利奈尔实居于二十世纪从象征主义到超现实主义这一诗歌主流之中，他是这一主流中承上启下的人物，是继承了十九世纪的象征主义、开创了二十世纪诗歌新局面的人物，是法国二十世纪名副其实的第一位大诗人。

这就是我所见的阿波利奈尔的坐标。

我国的外国文学评论，长期忽视乃至回避西方现代主义文艺思潮，或者在缺乏研究的前提下妄下结论。柳先生的《阿波利奈尔的坐标在哪里？》是我所看到的我国学者给予阿波利奈尔中肯定位的第一篇文章。

阿波利奈尔是哪一派的先锋？

进入二十世纪，具有新精神、新思想的文艺青年，诗人如桑德拉尔等，画家如毕加索等，似乎不约而同从全世界集中到巴黎来。一时间，文学艺术领域流派纷呈，创新运动空前活跃，一下子涌现出野兽派、立体主义、未来主义、一致主义、俄耳甫斯主义、戏剧主义、超现实主义、达达主义等，这是任何历史时期都无法比拟的。而且，这些运动又同阿波利奈尔的文学艺术活动紧密相连，大多是在他大力推动下进行的，因而他在文学艺术青年中的影响与声望，也是任何人难以匹敌的。

一位采访记者就明确写道："《烧酒集》的作者极度彬彬有礼，又特立独行，显示的才情极具鲜明的个性，这为他赢得弟子和朋友：弟子全是他的朋友，而他的朋友又全都有点像他的弟子。"阿波利奈尔每星期二在花神咖啡馆会见朋友，那地方就被人称作新精神花园。

青年诗人勒韦尔迪创办《北方—南方》杂志，在1917年3月15日创刊号上也同样写道："从前，青年诗人都去找魏尔伦，要把他从晦暗中拉出来。现在我们认为，到了该聚拢在吉约姆·阿波利奈尔周围的时候了，这有什么可大惊小怪的呢。今天，任何人都不能与之相比，他划出了一条条新路，开导了一个个新方向，他有权接受我们的全部热忱、我们的全部赞佩。”

当时，富有创新精神的现代派，也称为先锋派，而先锋派旗手这一称号，又显见非阿波利奈尔莫属，只因他在文学创作和理论建设两方面，都同样做出了开创性的、无与伦比的实绩。

阿波利奈尔的文章，乃至讲座，无不有感而发，绝不空论，且观点异常鲜明，往往因为思想前卫而引起激烈的争论，甚至不得不离开所主持的专栏。他的画评文章十分精彩，往往言简意赅，寥寥数十字，就勾勒出一位画家的个性，或者一个画派的特点，这里举出几例来共赏：

“杜弗尔努瓦先生才华的特点，就是牢实，拥有大量的欣赏者。不过，这位画家主要让我们满意，而不是使我们感动。……我们真想祝愿，杜弗尔努瓦先生在一段时间走走歧路。”

“拉普拉德先生牢牢扎根于他的时代，因而他的艺术转瞬即逝，如同一切既缺乏对过去的一种透辟的认识，也不倚重对未来的一种先知先觉的艺术。”

请看他是如何赞赏他十分喜爱的画家乔治·布拉克的：

“这位画家无异于下凡的天使。他比别人更纯洁，根本不理会与他的艺术无关的东西，而猛然间，那无关的东西却把他推下他居住的天堂……这位画家构图作画，唯一绝对的考虑，就是饱满的新意、饱满的真实……每件作品都变成一个新天地，有其特殊的法则……他的每一幅绘画，都是前人还未尝试过的一种奋力的丰碑。”

1910年，他参观高更画展后，则写下这样的话：

“保尔·高更以其超凡的品质，返璞到人类的边缘，以便捕捉艺术的神圣纯洁性，而这些超凡的品质，必将把他置于最伟大的艺术家之列……”

阿波利奈尔作为先锋派的旗手，旗帜总是非常鲜明，显扬什么，贬斥什么，从不随意置词。这就是为什么他的艺术评论文章虽然庞杂散乱，大脉络却十分清楚：始终支持一切艺术创新的努力，始终为大目标，一种全新的艺术而奋斗。他在《美学沉思录——立体派画家》中就明确指出：

“希腊艺术在美的方面，有一种纯粹人性的观念；这种艺术把人当作完美的尺度。新画家的艺术，则把无限的宇宙当作理想，而有此理想，才有一种衡量完美的新尺度，画家艺术家也就可以凭借这种尺度，给予物体的比例，合乎自己所期望引导到的可塑度。”

阿波利奈尔还认为，自然界表现出来的秩序，仅仅是艺术的一种效果；世间如果没有了诗人，没有了艺术家，人们对宇宙崇高的理念就会垮掉，很快就会厌腻大自然的单调，于是，一切又要重归混沌状态。因此，“伟大诗人和伟大艺术家的社会功能，就是不断地更新自然界在世人眼中的表象”；“创造这种幻象：典型，正是艺术的特性，也正是它的社会角色”。

在新型艺术家刚刚崛起的时候，占据艺术圣坛的还一直是尊贵的、冷淡而了无生气的学院派，百年老字号的“消防派画家”。阿波利奈尔说他们“标榜师法生命，其实仅仅师法死亡”，学院派往往就意味“艺术的冬眠”“艺术的死亡”。十九世纪和二十世纪之交，艺术恰恰处于这种冬眠状态，一批有才华的青年画家，诸如毕加索、德兰、德洛奈、布拉克等，以前所未有的大无畏精神，提出了美本身的问题，仅用少许几年的探索，就汇成一股潮流，掀起一场势不可挡的艺术创新运动，要按照全新的表现方式，创造出一个时代最有力、最生动而又最典型的艺术作品。

这股潮流从野兽派到立体主义，这两种艺术运动相交替，汇聚而成。从一开始，阿波利奈尔就站在这场运动的潮头浪尖，他是头一个充分认识这场艺术运动的伟大意义的人，他说如果没有其大胆创新足令公众惊讶，也让学院派咬牙切齿的先锋画派来拯救伟大的艺术，那么绘画这种大艺术，今天就势必沦落为小艺术了。阿波利奈尔在这一时期所发表的艺术评论文章，无论数量上还是理论高度上，都是首屈一指，无人能及的。在他的推动下，1911年巴黎独立画家美术作品展览会的四十一个展位全由立体主义画家订下；同年又首次出国，到布鲁塞尔展出。他在展会画册前言中，以参展艺术家的名义，正式使用了“立体主义和立体主义画家”的名称。

阿波利奈尔于1913年出版的《美学沉思录——立体派画家》，可以说就是立体主义的《圣经》。立体主义也成为二十世纪成就最大、影响最大的艺术流派，延续着伟大的艺术。

阿波利奈尔无论谈诗歌创作还是造型艺术，都是短篇散论，不成为也无意成为体系；然而，正如他的艺术散论推动立体主义的发展胜过任何系统理论一样，他的文论对二十世纪法国诗歌发展的作用，也是任何体系所难比拟的。而且应当指出，他的文论和画论，只有一个灵魂，只有一种主张。他所说的“不断地更新自然界在世人眼中的表象”，这是伟大的诗人和伟大的艺术家共同的社会功能。他大力推重的立体主义这门能一直升华到创造的构思的艺术，同他极力倡导的诗歌新精神，核心只有一个，就是“创新”。

他在《新精神和诗人》一文中写道：“新精神奋斗的目标，是要恢复创新精神，要明明白白地理解所处的时代，打开新视野，观察内在和外在的世界。”

这篇长文是在巴黎老鸽棚剧院宣讲的，同时还朗诵了阿波利奈尔的几首诗。1917年11月26日的那次诗歌朗诵讲座会，是文学和艺术先锋派的一次盛会，文学青年和艺术青年一起聆听阿波利奈尔的“新精神”，意义重大而意味深长。

阿波利奈尔认为，“现代诗人，首先就是探索总是全新的实真的诗人”，而且这种探索是无止境的，因为诗人不会一劳永逸地发现实真，实真永远是新的，它同美一样不是永恒的。他还认为，诗歌与创造是同一件事，在人力所能及的限度内，唯有发明创造者，才可以称作诗人。一个是永无止境地探索，一个是永不休止地创新，这就是阿波利奈尔文艺观的核心内容。

阿波利奈尔既不像传统主义者所主张的都样，封闭在过去定型的样板中，又不以某些先锋派的那种方式，否定过去而只看未来。

他是波德莱尔所下定义的那种现代人，具有包含生机论和动力论的艺术进化的观念，身上流淌着前人的血液和文化乳汁，并且肩负着哺育未来几代人的使命。正如他著名的比喻所说："人总不能走到哪儿，就把自己父亲的尸体运到哪儿。……然而，我们的双脚却怎么也离不开埋葬死者的土地。"早在1902年，阿波利奈尔就明确表示要干实事，不要学派："要学派干什么呢？当代最大的诗人雅姆，他属于哪个派别吗？……大诗人，您是一位拉马丁[①]，您还是创作诗吧，不要创立学派。"他为立体主义艺术摇旗呐喊，但是无意趁势搞个立体主义诗派；他偏爱一些带"主义"的名称，如"俄耳甫斯主义""超自然主义"，最后是"超现实主义"，然而他从不正名顺言。他说："这些称号无关紧要，要由时间决定（哪个适合于他）。"他倡导的新精神，绝不搞什么流派，而是要成为文学的一个巨大潮流，汇聚自象征主义和自然主义以来的所有流派。

他支持过或者接近过的，无论哪一流派，哪怕打着先锋派的旗号，如同时主义、未来主义，一旦故步自封，他就会毅然分手。因此，只有在创新的意义上，他才是先锋派的旗手；进而言之，在二十世纪法国文学艺术的潮流中，阿波利奈尔仅仅是创新派的旗手。

① 拉马丁，1790—1869，法国诗人和政治家，法国浪漫主义诗歌的代表之一。

阿波利奈尔是怎样一位诗人?

无处不诗，无物不诗，有时无比玄妙，有时明白如话，这就决定了阿波利奈尔作为诗人的独特性与多样性。初读他的诗，往往迷惑于其变化，难以把握其常态，深感其变化无常。殊不知其常态，恰恰处于无界限的自由状态中。

阿波利奈尔认为诗的领域没有界限。

诗无界限之语，出自雨果《东方集》序言，这话只有几个人理解，阿波利奈尔便是其中一个。他认为诗人追求美，尤其要追求真，而追求真就必须深入未知的事物中，总有出乎意料、令人惊诧的结果，这就是当今诗歌的主要动力。

阿波利奈尔也最早领悟诗歌并非规则的事，也不是尊重趣味的价值与美的价值的事；诗歌本身并不属于特定的对象、特定的激情，或者特定的思想；诗歌首先取决于生活的优质、目光的优质，然后取决于语言的优质。

阿波利奈尔作诗，总是不断尝试着融合感知的世界和梦想的世界，力图消除两个世界的界限，创造一种新的现实；而这种创造就需要一种新的语言，诗从而溢出诗的辖区，扩延到文学表现的所有形式。图画诗就是他的一种创造，可以说其他形式的写作，他无不试图抒发诗情，虽然那不能再称作诗了。

阿波利奈尔所导扬的新精神，二十世纪的时代精神，首先就浸润他的灵魂，融于他的血液，化而为诗，则开了一代诗风。

阿波利奈尔最先使用“超现实主义”一词，他的这句话“从日常的一件事出发：一块失落的手帕，诗人就能用它充当杠杆儿，撬起整个一个世界”，就是超现实主义的最好的注解。阿波利奈尔的一首首诗，就是从日常事实出发，创造出来的一个个世界。超越现实的想象，进入无限和未来的境界，驰骋于实存或虚幻的苍茫空间，遨游于过去和未来的浩渺时间。请看诗人自道：

我们要开发渊默的深厚巨大的善
以及能随意驱逐或者召回的时间
请可怜我们始终战斗
在无限和未来的前线

时间可以随意驱逐或召回，在无限和未来的战场上奋斗不息。可见诗人所破乾追求的，是要超越现实本体，进入最丰富多彩、最鲜为人知，又无限广阔的领域，创造出心理时空与时空流相交汇的诗境。这种艺术创作突破了直接经验的局限，是刘勰所说的“思接千载”“视通万理”的想象活动，从而展示了远比现实世界繁复深邃、绚烂奇妙又令人惊叹的艺术境界。阿波利奈尔向我们描述了那种广阔奇幻之境：“那里有鲜花盛开的神秘供有心人采撷”，有“新型烟头”和“从未见过的颜色”，那里有“应当视为现实的/难以计数的幻觉”（《美丽的棕发女郎》）

名篇《米拉波桥》就向读者展现出这样的意境：一对情侣在桥

上幽会，执手相对，正是良宵美景、两情欢洽的甜美时刻；然而诗人在生活中屡屡希望又屡屡失望，在爱情上频频恋爱又频频失恋，凡此种种失意和磨难、种种愁苦和憾恨，长期郁积在他那敏感多情、时时跃动的心灵中，恰好在欢悦销魂的瞬间里迸发出来：

米拉波桥下塞纳河水流
相爱难长久
此情可待成追忆
常恨欢乐总在断肠后

良宵来临晚钟幽
流光水逝我独留

诗中重叠反差、鲜明对立的意象：“相爱”之对“常恨”，“欢乐”之对“断肠”，“良宵”之对“晚钟”，“流光水逝”之对“我独留”等，都产生强烈的感染力。片刻的满足欢悦，却笼罩着长久希望落空的巨大阴影。是啊，这次相会，固然大可抚慰你我眷念渴望之心，但是此情此景，又能延续几时。恐怕一旦分手，就要天涯永隔，邈远难寻，只剩下恒久的相思了。挚切而痛苦的爱恋，永无解脱之时，这就是诗人情可慰而又难慰，愁欲解而终未能解的缘故了。值此情意缱绻的良宵，心灵尚且怅惘迷失，更遑论继之而来的漫无尽头的断肠与失意，此中苦痛凄怆，真是不可言喻。

然而，这种无可挽赎的极恨深悲。这种对爱情、人生和命运的体认，如果仅仅停滞在独悲孤叹中，陷入僵死静止的境界里，那么很快也就会湮没无闻了。阿波利奈尔不愧是大手笔，举重若轻，他以米拉波桥为背景。引出塞纳河水长流这一关键而鲜明的意象，在全诗四节中反复出现：在米拉波桥下，在情侣执手连臂所形成的拱桥之下，塞纳河水千载悠悠，泡漩清波好似倦怠的眼睛，凝望着横卧的桥和伫立的人。长河不舍昼夜，流经千古，无穷无尽，象喻着时间的流转和空间的广漠，也容涵着世事的沧桑和人生的无常。诗中所载荷的“感情信息”，从而跨越了特定时空的屏障，汇入流动不息的深邃的情境。犹如投石水中，击起的涟漪环环相生，层层扩延，这首诗所抒发的情感也随着逝水流向无限和未来，它已成为一个有生命的星体，进入时代、历史、人生、自然的大宇宙圈中永远运行。诗人的巨大缺憾不复为某一特殊的不幸，而成为千古以来天下有情人的共同憾恨了。

阿波利奈尔作诗不拘章法，随物赋形，因感而发，任纵时，往往疾呼怒叱，冲波逆折：

我在火场中燃烧火焰熊熊
将我投入火场的信徒之手
无数倍增
骷髅啊你们都远离火场
我足可以维持我的欢乐之光

永世炽旺
这就是我的航船和焕然一新的生活
我生活的烈焰已成为燎原之火
在我和惧怕烧灼的人之间
再也没有任何共通之点

这种感愤如鲠在喉，不吐不快，来不及仔细推敲便倾泻出来，节奏十分急迫，跳掷腾挪，直冲向前，其势如激荡的狂飙、喷溢的火山。“我是多少太阳的载体在两片 / 星云的中心燃烧 / 我也曾盼望世界末日快来到 / 而我的末日呼啸而至如一场风暴”。我们看到阿波利奈尔高举诗歌创新的大旗，勇往直前的雄姿。正因为这样任纵，节奏在诗中就显得异常重要，冲破传统的规则，完全同抒发的感情合拍。《在安德烈·萨尔蒙的婚礼上朗诵的诗》中，话语式的诗句，更是把自由体的节奏推到极致：

尽情欢乐吧并不是因为我们的友谊
经是滋养我们的河流
这流域的丰足食粮是所有人的希求
也不是因为我们的酒杯又向我们抛来
俄耳甫斯垂死的目光
也不是因为我们业已成年而许多人
可能把我们的眼睛混同星辰

……

也不是因为我们以诗歌立世就有权支配

这些建造并拆毁宇宙的话语

……

尽情欢乐吧因为主导热情和诗人的

爱情以及光明正在充满

星斗和星球之间的全部资实的空间

爱情要我的朋友安德烈·萨尔蒙

今日喜结良缘

这种诗体的祝婚词冲口而出，节奏明快的长长诗句，十分饱满地表达了诗人的深情祝福。有一天青年诗人苏波向他赞美这首诗，阿波利奈尔则回答说："真的吗？告诉您吧，我是坐在双层公共汽车的顶层上，去市政厅的路上写的！当时我的朋友勒内·达利兹还不停地跟我说话！"这样的诗好似随口道来，明白如话，天然流丽，毫无雕琢的痕迹，所凭借的纯是一片率真深挚的性情。所谓任纵，即任情也。阿波利奈尔作诗，不是从理念方面出发，而是从感情方面下手，他是一位纯情之诗人。对于这种类型的诗人，海外学者叶嘉莹先生有过精彩的论述，她说纯情诗人的感情，不像盈盈脉脉的平湖，而却像滔滔滚滚的江水，其姿态乃是随物赋形的，常因四周环境之不同而时时有着变异。经过蜿蜒的涧曲，它自会发为撩人情意的潺湲，经过陡峭的山壁，它也自会发为震人心魄的长号，以最任纵最纯真的感情来反映一切的遭遇，这原是纯情诗人所具有的明显的特色。了解这样的特点，也就掌握了欣赏阿波利奈尔诗歌的钥匙。

阿波利奈尔在《新精神和诗人》一文中就明确写道：“诗人将通过抒情目的论和超抒情的炼金术，赋予我们身上的神圣思想一种日益纯洁的意义。”他所抒发的激情往往形同烈火，无怪乎苏波的一本著作，书名就是《吉约姆·阿波利奈尔，烈火的反光》。自然，阿波利奈尔诗情的火光明亮耀眼，但是也不乏烛光的柔和温馨。他的许多情诗，如《米拉波桥》《我的心》等，都是意绪缠绵，低回婉转，音律盘曲萦行，踯躅不前，宛如平川潺湲的小溪、深涧幽咽的水泉。《我的心》诗节之间首尾衔接，切割不断，牵掣着诗人的无限深情：

……

我望见这颗闪烁的神秘之星
色调多晦隐
正是你眼睛迷离恍惚的色彩
我见你凝神
便立刻感到剧痛如伤口裂开
别了夜已深

这位诗人士兵夜宿营地，在德军炮弹的呼啸声中，借着篝火的颤动光亮，以诗代书，向心上的女子诉说衷情，又是多么缠绵悱恻。“我们异床同梦／又相会在梦中／同一袋中物品／同样的梦迷魂／我们化为一体／我的梦真像你”（《我崇拜你》）。这种在战场上草就的诗，乃是纯情的自然流露，并非苦吟所成；是追求爱情的自得，并非无病呻吟。这种对爱的单纯真切的向往之情，原本无意于求人赏识，只想对寤寐思之的心上人倾诉，因而读来倍觉可爱可感而又可赏。既然任情，那么情之所至，诗句或激昂，或沉郁，或强烈，或缠绵，也就无不从其自然了。雅非故作，俗亦本色，我们可以赞赏“枝丫摇曳是你颤动的眼睛／景物婆娑是你多情的倩影”这样的丽句，也会惊诧于“身边一位先生吃雪白的冰淇淋／我就想到你臀部和肌肤的丰韵”，或者“主啊您要鞭笞落日的霞云／天空的云向您撅起多美的粉臀”这样的俗语。一般来说，这种语句在诗中出现，不免显得庸俗，然而在阿波利奈尔的笔下，非但没有粗鄙之嫌，反而更显出诗人的一派天真和真情。不但如此，他用笔到切至之处，还往往不避丑拙激烈之词：“婊子美如金钱豹”“蠢猪的嘴脸母马屁股”“你母亲拉稀臭气熏天／你就随她的大便到人间”，不如此就不足以表达诗人爱之深而痛之切的复杂感情。总之，在这种纯情诗人的作品中，虽然找不到一种高洁超逸的完美人格，但却能看到一个多情丰沛的真实自我。

阿波利奈尔以他的诗作证明，二十世纪是“一个盛产惊奇的时代”。他创造的一个个奇幻实真的世界，充满了绚丽魂奇、动人心魄的意象：“巴黎夜晚醉金酒／有轨电车隆隆吼／脊梁突突绿火闪

电光 / 机车沿轨疯狂走 / 一段一段向尽头”。诗人透视的现实形同幻境，诗人描绘的梦境又类似现实。大抵由情生幻，幻化出诗的意境。他的伦敦之行，追寻与他有过一段恋情的英国姑娘安妮，本是实事。然而，在《失恋者之歌》中，诗人在恍惚痴念中，一切景物犹如幻梦：烟雾一片血色，红砖房舍大火熊熊，不同时期的情人甚至都混同了。唯其如此，方能道出他那苦苦思恋、痈无定时的至情至性；唯其如此，方能引发奇思异想，化出跌宕飞扬令人神往的情境：“迦南那一条条白溪 / 银河就是光灿的姊妹 / 河中浮游着多少亡灵 / 都是情侣的白色之身 / 奋力游向天外大星云”。这种神来之笔，固然能显示阿波利奈尔创作的特点，但是他运用最多的意象还是酒与火。由酒与火组成的意象群，最能体现他那颗火热的心灵对烈酒一般生活的渴望。

“欲望容含巨大的力量 / 你轻盈就跟火苗一样”，不过，他的欲望不是富翁的贪欲，而是饿汉的饥渴；他的生活不是山阴道上的览胜，而是荒沙大漠上的旅程。他“穿越荒漠滴水未进”，“到达大海之滨”，却面对“苦涩的波涛”。他要畅饮生活的美酒，畅饮宇宙的琼浆，也仅仅在梦幻中，在他的诗歌里才得以实现。而他梦幻一般的诗歌，给大自然增色，也把世界装饰成令人难以置信的模样。他“采摘唯一的叶子化为好几种幻景”，尤其化为一把利剑，“这把剑每次砍下去 / 一个宇宙肚腹就剖开 / 新世界就纷纷生出来”（《山丘》）。

2011年12月

目 录 Contents

烧酒集

动物寓言集

图画诗集

曾有集

给璐的诗章

烧酒集

区　域

你终究厌腻了这个旧世界

埃菲尔铁塔哟你这牧羊女
　　今天早晨放出咩咩叫的羊群

你在这希腊和罗马的古迹中
　　已经讨够了生活

这里连汽车都显得十分古老
唯独宗教依旧崭新唯独宗教
依旧像飞机场库房那样简朴

基督教哟在欧洲唯独你不算古老
最现代的欧洲人是您教皇庇护十世
窗户都在观察你而你则由于羞臊
今天就没有走进教堂忏悔并祈祷

你在阅读高唱着的商品目录和广告
这是今早的诗至于散文请看报纸
有便宜货供应惊险探案情节奇妙
还有伟人像和形形色色的标题
今早我看见一条阳光照耀的美丽街道
它簇新整洁得犹如军号而名字我忘记
从周一清晨到周末傍晚每天往返两遭
经理工人和漂亮打字员都要经过
每日清晨有三回这里汽笛呜呜呜叫
近午时分一口钟疯狂地鸣响
幌子和墙壁上面的牌子题词
各种招贴如同鹦鹉一样叫嚷
我很喜爱这优容的工业街区
它位于巴黎同欧蒙一蒂耶维尔街
　　同特尔讷林荫路相依傍

这是年少的街而你还是个孩子
你母亲只准你穿蓝白两色的衣裳①
你极虔诚你和最早的同窗勒内·达利兹②
你们最喜爱的莫过于教堂的盛大排场

① 蓝白两色的衣裳，信奉圣母玛利亚的孩童装束服色。
② 勒内·达利兹，死于1917年，《图画诗集》就是题赠给他的。

晚九点煤气灯拧小成蓝火苗你溜出寝室
到学校的小教堂终夜祈祷直至天亮
基督荣耀的光焰永远旋转
紫水晶永恒的幽深令人赞叹
这是我们大家栽培的百合花
这是飘着红发风吹不灭的火把
这是痛苦的母亲苍白而朱红的儿子
这是所有祈祷的枝叶总繁茂的树
这是荣誉和永恒的双重绞架
这是有六个枝杈的星
这是星期五死去而星期日复活的上帝
这是升天胜过飞行员的基督
他保持着跳高的世界纪录

瞳孔基督晶莹的眼睛①
世纪的第二十个瞳孔还真行
这个世纪变成鸟像耶稣升上空
魔鬼们在深渊纷纷抬头看他

① 这行诗 Pupille Christ de I'oeil ,诗人取 Christ（基督）和 cristallin（晶莹的）的谐音，并无实意。

它们说他在模仿基达林的西门邪法[①]
它们喊他若是会飞就该叫飞贼
天使都围着漂亮的杂技演员飞旋
伊卡洛斯　以诺　以利亚[②]　提亚纳的

　　阿波罗尼奥斯[③]
也都围着飞机飘转
他们有时也闪避一旁以便让圣女
　　厄莎里斯蒂携带的人通过
这些永远攀登的教士举起圣体饼
飞机终于停落却没有合上机翼
于是天空充斥亿万只燕子
还鼓翅飞来乌鸦隼猫头鹰
从非洲飞来白鹮红鹳秃鹳
小说家和诗人歌颂的岩石鸟
盘旋着而利爪抓着亚当的头骨
　　第一颗脑袋

① 指活动于1世纪的行邪术的西门。据《新约·使徒行传》第八章第九至二十四节载，西门信奉基督教后，向使徒彼得和约翰出钱购买转授圣灵的超自然神力。西门的教义具有神秘主义色彩。

② 伊卡洛斯，希腊神话中的人物；以诺：亚当的第七世孙，后被神接走；以利亚：犹太先知，行不少神迹奇事，后乘旋风升天。

③ 提亚纳的阿波罗尼奥斯，罗马哲人，活动于1世纪，后来在传记中被描写成像基督的人物。

鹰呼啸一声从天边冲来
而从美洲飞来的是小蜂鸟
从中国飞来的是长长而灵活的比翼鸟
它们各有一只翅膀而飞时成双成对
继而那是没有一个斑点的灵鸽
并由琴鸟和满身眼状斑的孔雀伴随
凤凰这个柴堆自身就能再生
以它火热的灰炬一瞬就遮住一切
三条美人鱼离开那些险恶的海峡
唱着美妙的歌一起到达
而且鹰凤凰和中国的比翼鸟
无不同飞行的机器称兄道弟
此刻你在巴黎在人群中踽踽独行
一群群汽车吼叫着在你身边行驶
你喉咙哽咽为爱情惶惶不安
就好像永远再也不会有人爱你
你如生在古代就会进隐修院
如今你偶一祈祷也要汗颜无地
你嘲笑自已而这笑闪烁如地狱之火
你这笑的火花照亮你生活的幽底
这是一幅画挂在昏暗的博物馆
而你有时就凑近画面看个仔细

如今你走在巴黎女人都浑身血污
我真不愿回想那正是美的衰微

被虔诚的火焰围住的圣母院
　　在沙特尔城望过我
您的圣心教堂的鲜血在蒙马特尔
　　也曾把我淹没
我一听见欢声笑语就不舒服
我为之痛苦的爱是惭愧的病疾
而这影像占据你让你生活在失眠
　　和惶恐中苟延残喘
这影像一闪而过又总在你身边

现在你又在地中海的岸边
头上的柠檬树常年花开
你同朋友一起荡舟游玩
一个叫尼萨尔另一个芒托纳斯克
　　和两个图尔比亚斯克
我们恐惧地注视深水下的章鱼
而在海藻之间鱼在游弋形象好比
　　救世主

你又在布拉格郊区一家客栈的
　　小花园
桌上有一枝玫瑰你就满心欢喜
而你不写故事却观察起
在玫瑰花心里睡觉的金龟子

你惊恐万状看到自己被画进
　　圣一维的玛瑙里
你看到的那天自己忧伤得要死
你就像重见天日惊慌失措的拉萨路[①]
犹太区的大钟时针是在逆行
而你在自己的生活中也在缓慢倒退
登上赫拉德克[②]并在晚上进小酒馆
倾听他们唱捷克歌曲

你来到马赛走入西瓜中间

你来到科布伦茨[③]住进巨人饭店

---

① 拉萨路，《新约全书》中的人物，死后四天被耶稣救活，后成为马赛第一任主教。

② 赫拉德克，捷克地名。

③ 科布伦茨，德国和瑞士均有科布伦茨城。

你又来到罗马坐在一棵枇杷树下

你带着一个你觉得美的丑姑娘
　　来到阿姆斯特丹
后来她同莱顿一名大学生结为良缘
在那儿租客房用拉丁文Cubicula locanda[①]
我还记得我在那里住了三天
　　并在豪达[②]逗留同样的时间
你在巴黎面对预审法官
你被拘捕简直成了一名罪犯[③]

你有过痛楚的和愉快的旅行
然后才发觉了谎言和年龄
你尝够了二三十岁爱情的苦头
我发疯一般生活任时间空流
你再也不忍心注视自己的手
　　而时刻我都想哭
哭你哭我所爱的女子哭曾经让你

---

① Cubicula locanda，即“租房间”之意。

② 豪达，荷兰城市名。

③ 1911年因卢浮宫藏画失窃案，阿波利奈尔和毕加索同时被拘捕，后无罪释放。

恐怖的一切

你热泪盈眶注视着这些可怜的移民
他们信上帝他们祈祷女人在奶孩子
他们的气味充斥圣拉扎尔车站大厅
他们信奉自己的命星如信奉先知
他们希望去阿根廷挣钱
发了财再回到自己的家园
一家人运送一床红色鸭绒被就如同
　　你们运送你们的心
这床鸭绒被和我们的梦想也都失真
那些移民有几个留在这里并住在
玫瑰街或埃库夫街的陋室
我时常见过他们晚上他们到街上乘凉
而且很少移动就像棋子一样
尤其有些犹太人而他们妻子戴着假发
她们脸色苍白坐在店铺最里端

你站在一家下流酒吧的柜台前
喝杯廉价咖啡混在不幸的人中间

你在一家大饭店就是黑店

这些女人并不恶毒却都忧心忡忡
她们全算上连最丑陋的也折磨过情人

她是泽西一名警察的女儿

她那双手我未见过粗糙而皲裂

我无限怜悯

现在我又狂笑着欺侮一个可怜姑娘
你孑然一身清晨就要来临
送牛奶的人在街上大罐叮当响
黑夜远离去如美丽的梅蒂芙
那是虚假的菲丁娜或专注的列娅

你饮这烧酒如饮你的生活
你饮你的生活如举杯独酌

你走向欧特伊街区要徒步回住所
在大洋洲和几内亚的偶像中睡觉
那也是基督别种形体别种信仰
那些是低档次的基督默默的希望

别了永别了

断颈的太阳

米拉波桥（译文一）

米拉波桥下塞纳河水流
和我们的爱
难道还要我回忆
欢乐向来总在痛苦之后

让钟敲响夜来临
时光流逝我留人

我们手拉着手面对着面
手臂的桥下
水波是那么疲倦
流过多少永恒注视的眼

让钟敲响夜来临
时光流逝我留人

爱情逝去啊就像这流水
　　情爱去不回
　而生活多么缓慢
而希望凶猛得赛过烈焰

　　让钟敲响夜来临
　　时光流逝我留人

日复一日啊一周复一周
　　逝去的时间
　和爱情都不回转
只有这桥下塞纳水长流

　　让钟敲响夜来临
　　时光流逝我留人

米拉波桥（译文二）[1]

米拉波桥下塞纳河水流
相爱难长久
此情可待成追忆
常恨欢乐总在断肠后

良宵来临晚钟幽
流光水逝我独留

执手相对啊盈盈空伫立
手臂拱桥底
清波倦眼总凝眸
脉脉千载最能解人意

① 诗能否翻译，如何翻译，恐怕永远不会有结论，不会有定论。所幸的是，还有人要看译诗，于是有人照译不误。不过，费力不讨好，讨巧反讨好，在译诗中虽非不争的事实，却是常有的现象。《米拉波桥》一诗为千古绝唱，长短句音节韵律十分严谨，不宜译得太散。前面译文为新译，虽不能说“讨巧反讨好”，但是这篇旧译文多半是“费力不讨好”。两个译例并列比较，可见译诗因人而异，因时而异，也应与时俱进。

良宵来临晚钟幽
流光水逝我独留

爱情远逝啊一去如流水
情爱去不回
漫漫人生苦无休
殷殷希望相煎又相催

良宵来临晚钟幽
流光水逝我独留

日复一日啊一周复一周
逝者渺难收
时光爱情去不返
唯有桥下塞纳水长流

良宵来临晚钟幽
流光水逝我独留

失恋者之歌[①]

诗赠保罗·莱奥托[②]

尝唱这支罗曼斯
一九〇三未曾思
美丽凤凰熏暮殒
翌曰清晨又还魂
同我的爱情啊何相似

一天傍晚伦敦雾蒙蒙
一个流氓好似我的爱情

① 这首著名的长诗每节五行诗，每行诗八音节，韵律十分整齐，类似歌谣体。这种诗的结构恰恰是汉诗所短，我在旧译中，尝试译成七言歌谣体，每节中有一行诗为九字，以打破单调，给人一点摇曳生姿的印象。诗太长，不便尽数印出，这里仅举第一节为例，也算是旧译的一点留念：

伦敦薄暮雾蒙蒙
一人酷似我爱情
形迹几分流氓样
瞥来眼神使人惊
令我汗颜无地垂眼睛

新译采用自由体，多些自由，少些做作，更加符合当代人的阅读口味，但也更加偏离原作的形式。译者总在计较得失，又总难免顾此失彼。

② 保罗·莱奥托，1872—1956，法国作家，著有十九卷的《文学日记》。

他迎面向我走过来
他朝我瞥来的眼神
令我惭愧地垂下眼睛

我跟随这个坏青年
他双手插兜吹着口哨
我们走在房舍之间
仿佛踏着红海的波涛
他是希伯来我就是法老

假如你失恋放悲声
但愿这砖浪訇然倾
假如你不是唯一的爱
我便是埃及王至尊
纳妹为后独自掌大军

临街的红房烈火熊熊
整条街道火势蔓延
家家门脸都在哀痛
就在这条街的拐弯
忽见像她的一个女人

她走出酒馆醉醺醺
那副眼神毫无人性
裸露的脖颈上有伤疤
正是爱情那副假面容
我一眼就认出正是她

当明智的尤利西斯
终于回到自己的家园
老狗还没有把他忘记
爱妻守在华丽的壁毯前
期待夫君归来再团圆

沙恭达罗[1]遭逢离散
幸好夫主厌恶了征战
重逢时见她思念之苦
目光恹恹而容颜惨淡
公羚羊哟心里反喜欢

我正想这些幸运的国王
眼前又出现虚假的爱情

① 沙恭达罗，印度古诗人、戏剧家迦梨陀娑的同名剧作中的女主人公，剧中讲述她与国王豆扇陀失散多年再团圆的故事。

以及我依然系恋的女人
不忠的影子在此相撞
害得我心中万分悲伤

这憾恨上地狱可修建
但愿开绽一片遗忘天
只为赢得她的亲吻
世上君王甘愿赴黄泉
名流也肯卖影实堪怜

我怀念过去滞留在寒冬
比起古城[①]四十壮烈士
我的生活磨难还多几重
我这颗心还要冷几分
但愿复活节太阳暖我心

我的记忆如同美画舫
游弋在难饮的苦波上
我们从绚丽的拂晓开始
一直谈到凄凉的夜晚

① 古城，指塞巴斯特亚，即现今土耳其的锡瓦斯。在拜占庭帝国时期，这座城曾经失陷，四十名罗马守城士兵为天主教信仰而殉难。

是否谈得厌食冶游倦

记得去年我在德国时
就已经丧失了那女子
她混同了虚假的爱情
重合的身影远离去
别了此生再也难重逢

迦南那一条条白溪
银河就是光灿的姊妹
河中浮游着多少亡灵
都是情侣的白色之身
奋力游向天外大星云

我还记得另外有一年
那是拂晓的四月天
我高唱我心爱的快乐
在一年的爱情时刻
用雄浑的声音歌唱爱情

晨　曲[①]

——一年前在拉合塔尔所唱

来吧帕凯特这是春天
到美丽的树林去散步
咯咯叫的母鸡在庭院
曙天上画出粉红的纹路
爱情行进要把你征服

都已返回战神与美神
他们拥抱疯狂地亲吻
对面就是单纯的景物
美丽的天使裸着粉红身
在盛开的玫瑰花丛中欢舞

来吧我的温情正主宰
眼前这片鲜花的盛开
大自然又绚丽又动人

① 《晨曲》为诗中诗，嵌入《失恋者之歌》中，后面还有两首与《晨曲》相同，不另解释。这是一种多视角、多方位的手法，既给全诗增添层次立体感，又保持音节韵律的一致，浑然一体。

青蛙鸣唱在沼泽地带
潘神[①]的哨声则来自森林

这些神许多都已亡故
正是为他们垂柳痛哭
死去的还有伟大的潘神
爱情耶稣基督而猫群
在院中叫我在巴黎哭

天下的曲调我尽知
献给历代王后的抒情诗
还有赞美海鳗的女奴曲
那些情歌唱给美人鱼
叹我的年华失恋罗曼斯

爱情已死我为之战栗
我很崇拜美丽的偶像
而记忆又同她多么相像

① 潘神，希腊神话中主管山林和畜牧的神，人身羊腿，头上有角。他爱好音乐，创制排箫，西语中即为潘箫。

如同摩索拉斯[①]的妻子
我心伤悲又始终不渝

我始终不渝就如同犬
忠于主人青藤忠于树干
而扎波罗热[②]的哥萨克
那些强盗和虔诚的醉汉
都忠于十诫和大草原

你们都要像戴着枷锁
举着星相家探问的新月[③]
我就是威震四方的苏丹
扎波罗热的哥萨克哟
我是你们耀眼的君王

要成为我的忠心臣仆
苏丹写信对他们说
他们大笑这条消息

---

① 摩索拉斯，？—前353，波斯总督，他的巨大陵墓为古代七大奇观之一。
② 扎波罗热，伊斯兰教的象征。
③ 新月，伊斯兰教的象征。

借着一支点燃的蜡烛
当即写了一封回书

回　书

扎波罗热的哥萨克致
君士坦丁堡的苏丹

比起巴拉巴[①]你更有罪
头上长角如同魔鬼
你在那里真是个大魔头
吃的全是烂泥和污秽
我们怎能赴你的宴会

萨洛尼卡[②]腐烂的鱼
可怕睡眠的长项链
用矛挑出来的眼珠子
你母亲拉稀臭气熏天
你就随她的大便到人间

---

① 巴拉巴，《圣经·新约》中记载，他因作乱被判死刑，在耶稣受审时就等待处决，每逢逾越节，总督应众人要求释放一名囚犯。众人受教唆要求释放巴拉巴，而处死耶稣。

② 萨洛尼卡，希腊旧地名，今为塞萨洛尼基。

波多利耶[1]的刽子手
创伤溃疡疮痂的嗜好者
蠢猪的嘴脸母马屁股
你全留着吧你的财富
好付药钱免得一命呜呼

迦南那一条条白溪
银河就是光灿的姊妹
河中浮游着多少亡灵
都是情侣的白色之身
奋力游向天外大星云

那婊子美如金钱豹
恼人的眼睛勾人的魂
爱情佛罗伦萨式亲吻
却有一股苦涩的味道
害得我们有命也无运

她的顾盼就好似流星
每天划过颤动的夜空

① 波多利耶，乌克兰西部地区。

美人鱼游在她的眼睛里
而我们的亲吻鲜血淋淋
守护的女神泣下沾襟

我的心和魂一如往昔
一同在望归桥上空伫立
其实还要等待她返归
果真能盼回那女子
一定对她说声我欢喜

我的心头脑海空落落
整个苍穹全从这里流过
我这达那伊得斯的水桶①
如何做才能福运亨通
真是一个老实的傻小伙

我永远不会把她忘记
我的白镴地我的野鸽

① 取典希腊神话。达那伊得斯是埃及王达那俄斯的女儿，共五十姊妹，除了许珀耳涅斯特拉一人外，她们均奉父命在新婚之夜杀死丈夫。幸免于难的林叩斯为四十九名兄弟报仇，杀死埃及王和四十名女儿。达那伊得斯等死后，被罚永远在地狱里往一个无底的水槽里注水。

雏菊哟一片一片剥落
我的遥远小岛我的秋水
我的丁香子我的玫瑰

那些火兽和林中的神
那些鬼火和各种精灵
浮士德罚下地狱的命运
脖上套绳索像加来那样[①]
我的痛苦做多大牺牲

痛苦扮相也成为命数
长角的甲虫和独角兽
我的灵和肉还犹豫不决
见你天罚柴堆哟忙逃走
哪管装饰着晨花的星斗

厄运哟苍白之神象牙眼
你的狂热教士将你打扮
受你害的人穿起黑袍

① 加来城是法国离英国最近的城市，1347年曾被英国人占领。为救全城人的性命，六名加来人按敌军要求，脖子套着绳索，出城见英王爱德华三世。英王感其牺牲精神，赦免了他们。

日夜呜咽也终归枉然
厄运之神本就无稽谈

我的保护神秋天已殒命
我的神之神随我匍匐行
你在丈量到底几尺长
我有权接受大地的馈赠
我的老友蛇哟我的影

我爱你哟黑暗的妻子
你属于我却没有形体
记否我曾携你见太阳
只因你也喜爱阳光
我的影哟来为我服丧

厚厚积雪覆盖冬已死
无论花园还是果林里
都烧掉了白色蜜蜂箱[①]
现在鸟儿在树枝间鸣啭
春意融融清明四月天

① 这景象为写实，并非臆想。1902年冬季延长很久，大雪埋了蜂箱，蜜蜂全部冻死，故烧蜂箱取暖。

不朽的重装步兵已永诀
由银盾牌护卫的积雪
也逃离这些苍白的果园
果园的春天穷人的喜悦
他们噙着泪又露出笑颜

而我的心又多么沉重
如大马士革贵妇的肥臀
我的爱哟我爱你过分
而现在我也过分伤怀
七把剑已经拔出鞘来

黯然神伤的七把剑
锃亮的痛苦锋刃无毛边
一把把都插在我心上
这样痴情还要去推理
我的不幸让我怎能忘记

七 把 剑

第一把剑是白银铸成
令人颤抖的名字叫帕琳

剑锋就是冬雪的一片天
具有皇帝式的血腥命运
伏尔甘[①]铸它时命丧黄泉

第二把剑名叫怒勃斯
一条欢快的美丽长虹
神举行婚礼总要使用
它杀掉三十名贝—乐
天赋生成多亏卡拉勃斯

第三把剑女性的幽蓝
取名叫吕勒·德·法特南
由变成矮人的赫耳墨斯
举着在一块台布上高悬
不逊于一把希布里亚普剑

第四把剑名叫玛卢雷娜
一条绿河闪着金色光华
每天傍晚两岸的女子
到河中沐浴绝妙的身体

① 伏尔甘，罗马神话中的火神。

桨手的歌声在水上拖曳

第五把剑叫圣女法波
是纺锤中最美的一个
坟墓上长的一棵柏树
四面来风都到此跪拜
一把火炬每天照亮夜幕

第六把剑为光辉的金属
是双手极其温柔的朋友
每天清晨总把我们拆散
别了你们的大路朝天
公鸡打鸣也都疲惫不堪

第七把剑逐渐衰微
一位女子死去的玫瑰
感谢最后一个来的人
为我的爱情关上门
但是我从未同你相会

迦南那一条条白溪
银河就是光灿的姊妹

河中浮游着多少亡灵
都是情侣的白色之身
奋力游向天外大星云

舛错的命魔模仿天歌
引领着我们追逐音波
拉起销魂的小提琴曲
驱使我们人类舞婆娑
反身倒退着滑下坡

命运啊命运实难悟透
一些国王也要中疯魔
虚情的女人安卧在君榻
君不见历史积重荒沙丘
那满天的星辰瑟瑟抖

卢伊波德[1]年迈摄政王
为两个疯狂王国掌朝纲
圣约翰节黄荧光闪闪
回首前尘不免嗟伤

① 卢伊波德，1821—1912，德意志巴伐利亚摄政王。

涕泗涟涟打湿了衣衫

古堡坐落在白色湖畔
领主夫人已不在人间
空留下小舟唱船歌
天鹅游弋美人鱼涅槃
冲荡着春天风瑟瑟

一天国王自沉银光水
而后身子浮起又漂回
面孔朝向变幻的天空
横在岸边张着大嘴
躯体僵直不动已长眠

六月你的烈日烤琴弦
竖琴灼我手指痛心间
亢奋之状可悲更合旋律
在我美丽的巴黎独彷徨
却没有勇气撒手而去

漫漫难熬最是星期日
手摇风琴歔欷总哭泣

巴黎的庭院一片灰色调
那阳台上的花盆凭无依
就像那比萨斜塔要倾倒

巴黎每天夜晚醉金酒
有轨电车行驶隆隆吼
脊梁突突绿火电光闪
机车沿着轨道疯狂走
从这一站驶向下一站

咖啡馆里滚滚涨浓烟
高声喊出全部的爱
爱缠着腰布的小青年
爱茨冈女郎和虹吸管
向你喊哟我至爱的心肝

天下的曲调我尽知
献给历代王后的抒情诗
还有赞美海鳗的女奴曲
那些情歌唱给美人鱼
叹我的年华失恋罗曼斯

秋 水 仙

入秋牧场毒草滋长却格外娇娆
牛群慢性中毒还不断地吃草
秋水仙开花一朵朵
颜色像丁香黑眼窝
你眼睛像秋水仙啊深紫色
像这秋天像这花的黑眼窝
你眼睛也慢慢毒化我生活

学童们蜂拥而来闹哄哄
穿着肥袖的上衣吹口琴
采撷的秋水仙花像母亲
像她们女儿的女儿都是你这眼皮色
你眼皮忽闪忽闪像花儿临风直抖瑟

放牛群的牧人咿咿呀呀在哼唱
缓慢的奶牛哞哞叫着永远弃舍
秋天里遍开毒花的这片大牧场

玫瑰世界宫

诗赠马克斯·雅科布[1]

晚间我这赤足的遐思梦想
走向幽梦中的玫瑰世界宫
这座宫国王所赠如同一个国王
裸体挺立在鞭笞的肉体玫瑰中

只见我的神思来至玫园深处
听到青蛙的音乐会不禁讪笑
它们对大纺锤柏树十分羡慕
而太阳玫瑰的镜子却打破了

手被玻璃割破血淋淋的创伤
哪个弓箭手目眩射穿了夕阳
树脂将苦味掺进塞浦路斯红酒
白羊羔宴上逃不过我的口

① 马克斯·雅科布，1876—1944，法国作家、画家。他是超现实主义诗歌的先驱。

玫瑰夫人滴溜溜神秘地转动
她那如同汉人的圆圆小眼睛
扫过奸夫君王尖尖的双膝
扫过她年龄的五月和她的三十一

我思念的夫人珍珠的臀
无论珍珠无论臀都比不上东方
你们到底等待什么人
走向东方的遐思梦想
我的最美的女邻人

咚咚敲门请进前厅天色向晚
烧过的金首饰小灯照着幽暗
将你们的头用发辫挂在衣钩上
入夜的天空时有针状的闪光

大家走进餐厅而鼻孔就闻到
一股肥油和肉烧焦了的味道
二十种汤三种尿液色真难看
国王吃了两只汤里煮的荷包蛋

随后助厨便端上来做的肉

有烧烤死在我大脑里的念头
切成片带血嫩煎我的死胎美梦
而我的腐烂的记忆做成了馅饼

这些已经死去了数千年的思想
乏味得就如同冷冻的大毛象①
来自枯骨堆的梦想或枯骨
正在我的小脑皱褶里跳死神舞

所有这些菜肴高喊珍贵
　　可是真见鬼！
　　饥腹不长耳朵
而宾客们都在争相咀嚼

见鬼啊！这些回锅肉排骨肉
大馅饼带骨髓的骨头这样喊道
火舌哟我的圣灵降临节在哪里
我对历朝历代所有国的追思

---

① 大毛象，即古生物猛犸。

歌　　手

弹起单弦琴的唯一琴弦[①]

① 一行诗对应单弦，从而揭示语言的诗歌性能。有人分析，这首单行诗是他的图画诗的先声。还有人评论，这首诗是微观世界和宏观世界的一种合体形象。总之不可小看，随人怎么想。

暮　色

诗赠玛利亚·洛朗辛小姐

瞑色逐渐吞没了草坪
只缘擦着逝者的阴影
一名女优便脱掉衣裙
对着水塘映照身影

暮色中有一名男优
炫耀将要建造的钟楼
无色泽的苍穹布满了
苍白好似牛奶的星斗

男优粉墨登场要献艺
先向观众打个罗圈揖
台下有魔法师和仙女
来自波希米亚的巫师

他伸手摘下来一颗星

随意抛接玩于掌中
伴奏的是一个吊死鬼
脚踏铙钹打着节拍

盲人摇着可爱的婴孩
牡鹿率领小鹿走过来
矮人眼看俳优长三倍
黯然的眼神露出悲哀

安　妮①

在德克萨斯的海岸
莫比尔和加尔维斯之间
有一座开满玫瑰的大花园
园中一幢别墅
好似一朵大玫瑰

园中常有一位女子
独自悠闲地散步
每当我经过这条椴树林荫路
我们总要彼此对视

她是孟诺派的女教徒
玫瑰上无蕾衣服上也无纽扣
我这上装纽扣也少两颗
那女子和我几乎遵循同一礼俗

① 诗人回忆他所追求的英国女郎安妮，当时已去美国。

死人之屋[1]

诗赠莫里斯·雷纳尔

死人之屋横卧在
墓地边缘就像围住一所隐修院
它的玻璃房
酷似时装商店的橱窗
里边停立的模特儿毫无笑容
而是永生永世摆出那一脸狰狞

我到慕尼黑已有半月或二十天
走进这墓地还是头一回纯属偶然
墓地几乎一片冷漠
所有这些资产者
一身华丽的衣饰
在此排列等待葬礼

① 这首诗先以“太平间”为题，以散文故事体，于1907年8月31日刊登在《太阳报》上。收入《烧酒集》中时，诗人仅仅分行，并未做文字处理，这是他的惯常做法之一。

目睹这种场面
我的牙齿不禁打战

猝然
疾如我的忆念
重又点燃一双双眼
一个接着一个玻璃间
天空布满妖魔鬼怪
活蹦乱跳
大地也回到伽利略之前
平展展的没有极限
充斥着万千静止的神话
一位天使用钻石划破所有玻璃
于是死人纷纷朝我围来
一副副彼界的神态
不过他们的面孔和姿势
很快就不那么阴森怖怪
天空和大地也丧失
刚才那种魔幻的色彩

死者都喜笑颜开
看着自己的尸体在他们和阳光之间

他们嬉笑着打量自己的影子
就仿佛这确确实实
是他们度过的一世

于是我点数他们
他们共有四十九人
男人女人和孩子
眼见着变得美丽
现在他们看着我
显得特别亲热
甚至怀着深情
因而突然
我对他们产生了好感
邀请他们去散步
远离死屋的秘密

我们挽起手臂
哼唱着军队的歌曲
是啊你们的罪愆都已赦免
我们离开墓地
一道穿越市区
途中同死者的亲友

经常不期而遇
他们也加入新近死者的小队
大家都兴尚采烈
又健康又可爱
谁那么精明
能识别生者与死者

继而来到郊外
大家观花望景
忽见两名轻骑兵过来
我们热情欢迎
他们砍下绣球树枝
和接骨木枝
用来做成哨子
分给了所有孩子

后来去乡村的舞会
跳舞成双成对
伴随着齐特拉的尖厉琴声

这些死去的男男女女
并没有忘记跳舞

大家还频频举杯
不时钟声宣布
又要凿开一桶酒
喝个一醉方休

一位死去的女郎
坐在树丛边的长椅上
任凭一名大学生
跪在她的脚下
向她大谈婚嫁

我要等您
哪怕十年二十年
您的意愿就是我的意愿

我也等待您
等待您这一生一世
已死的女郎回答

一群小孩子
来自人世或阴间
高唱着回旋曲

歌词既抒情又荒诞
这无疑是
人类诗歌古迹
仅存的遗篇

大学生将一枚戒指
给已逝姑娘的无名指戴上
这信物证实我们的爱情
见证我们定下了终身
无论别离还是时间
都不能使我们忘记这种谎言
总有一天我们会举行盛大婚礼
礼服婚纱和发髻
都插上爱神木的青枝
在教堂组织大型布道
婚宴之后发表长篇演说
还有音乐
还有音乐
未婚妻说
我们的孩子
长得一个比一个俊美
唉！戒指已经破碎

孩子就像白银黄金长成
就好像蓝宝石钻石之身
一个比一个明亮
胜过夜空的星辰
胜过拂晓的霞光
胜过您的眼睛我的未婚夫
唉！戒指已经破碎
孩子也会无比芬芳
胜过刚开放的丁香
胜过百里香和玫瑰
胜过薰衣草和迷迭香

乐手们离去
我们继续游逛

我们走到湖边
玩起打水漂儿
但是抛出的扁石子
勉强在水面跳两跳

有几只游船
泊在湖畔小港

我们解开缆绳
大家都上了船
几名死者划桨
划得同活人一样卖力
由我掌舵的这条船
船头一位死去的先生正向
一位年轻女子表白衷肠

那男士说
我爱您
就像雄鸽爱雌鸽
就像夜虫
喜爱光明

太迟啦
在世的女子回答
放弃吧
放弃这种违禁的爱情
我已经结了婚
您瞧这闪亮的戒指
我的手在发抖
我流泪真想一死

船划到一个地点
轻骑兵知道
这是回音岸
大家不厌其烦冲着湖岸喊
提出特别怪诞的问题
而回答又极为贴切
简直能笑死人
死者这样对活人说

我们在一起会幸福到极点
但愿湖水将我们淹没
您怎么哭了双手颤抖
我们谁也不会浮出水面

大家上岸又往回返
恋人们还情意缠绵
一对一对都拉开距离
边走边热烈亲吻
死者专挑活人
而活人
又专找死者
途中不时见一棵刺柏

看上去就像幽灵

孩子们吹起绣球树枝
或接骨木枝哨子
脸蛋鼓起陷下去
哨声撕破了空气
军人则高唱
蒂罗尔山[1]歌
也像山区那样
有唱有和
回到城里
我们一伙人逐渐减少
大家相互道别
再见
明天见
回头见
不少人走进啤酒店
走到狗肉铺门前
有几个离开我们
进店去买晚餐

① 蒂罗尔山，奥地利西部山脉名称。

不久便剩下我
单独陪伴死者
他们径直走向
墓地
在那里
在拱廊下边
我又认出他们
一个个平躺
纹丝不动
在玻璃间里等待埋葬

他们并未察觉
刚才发生的情况
然而活人却记在心中
这是一场未敢奢望
但又千真万确的幸会
丝毫不必担心遗忘

他们生活得堂堂正正
因而昨天把他们引为同类
甚至有点小看他们的人
如今却格外钦敬

他们的力量资产和才能
因为赢得已逝的男人或女人的爱
比什么都能提高身价和人品
你会变得十分纯洁
乃至在记忆的冰川里
你自身与这往事相混同
你也就更加坚强地去生活
再也不必依赖任何人

克洛蒂尔德[1]

银莲花和耧斗菜花
在园子里并排生长
在情爱和鄙视之间
园中也眠寝着忧伤

我们的影子也入园
到时要被夜色抹去
阳光使影子幽暗
要和影子一同消失

淙淙溪水的仙女
由着她们的秀发长流
你依恋的倩影逝去
千万还要去追求

① 这首诗同《玫瑰世界宫》等，最早发表在《巴黎晚会》杂志第六期（1912年7月）。

伴　随

诗赠莱翁·巴伊比先生

平缓飞行的鸟颠倒
在空中筑巢的鸟
在我们的土地已经发亮的界限
你抬起头时见大地目眩
便垂下第二层眼睑

贴近了我也一样我神色黯然
一阵雾气遮暗了那些灯笼
一只手掌猛地放到你眼前
一个拱顶隔开你和所有亮光
我要远远离开到别处去发亮
到阴影和排列的眼睛心爱的星辰中间

平缓飞行的鸟颠倒
在空中筑巢的鸟
在我的记忆已经发亮的界限

你垂下第二层眼睑
不是因为太阳也不是因为大地
而是这椭圆形的火越来越猛烈
有朝一日要变成唯一的光明

一日
一日我等待我自己
我在心里说吉约姆你也该来了
好让我最终知道我就是那一个
我了解别人
我了解别人是通过五种感官并通过
　　另外几种
这些人只要看一看他们的脚我就能
　　复制出成千上万
只要看一看他们慌张的脚他们的
　　一根头发
只要看一看他们的舌头如果我高兴
　　当医生
只要看一看他们的孩子如果我高兴
　　当预言家
看一看船主的航船我的同行的笔
哑巴的手盲人的钱币

再或者由于词汇而不是字体
看一封二十多岁的人写的信
我只要闻一闻他们教堂的气味
公园里鲜花的芳香
高乃利乌斯·阿格里帕[①]哟只要闻一闻
　　一条小狗的气味
我就能准确地描绘你那些科隆的同胞
他们的三王[②]而圣于尔絮勒会[③]那一帮
启发我在所有女人上出了差错
只要尝一尝种植的月桂树的味道
　　我就能确定是爱还是嘲笑
只要摸一摸衣服
就能认准此人怕冷不怕冷
我所认识的人哟
只要听见他们的脚步声响
我就能永远指出他们选定的方向

---

① 高乃利马斯·阿格里帕，即阿格里帕·冯·内特斯海姆，1486—1535，德国皇帝查理五世的宫廷秘书、萨伏依的路易丝的医生、天主教教会内部令人恼怒的神学家。他在同科隆的宗教裁判官进行斗争之后被逐出德国。著有《论神秘哲学》，宣称魔法是认识上帝和自然的最佳手段。后来他因宣扬怀疑主义而被加以异端的罪名。

② 据《圣经·新约》，耶稣在伯利恒降生时，有三名博士来拜见，说他们在东方看到犹太人之王的星在这里。三博士亦称三王。

③ 圣于尔絮勒会，16世纪创建于意大利的天主教修会。

只要了解所有这些人
我就自认为有权让其他人复活再生
一日我等待我自己
我在心里说吉约姆你也该来了
我喜爱的人以抒情的步伐朝前走
这群人里没有我
披着海藻的巨人经过海底城市
城中的塔楼全是岛屿
这片大海幽深而清澈
令我心跳并流我脉管的血
继而大地上来了成千白人部落
每个男人手中都拿着一朵玫瑰
他们沿途发明的话语
我从他们口中学会并且还在说
出现的所有人都不是我本身
他们都一块一块带走我本身的一部分
别人一点一点建造我就像建起
　　一座塔楼
一群人一群人堆积而我便现身
构成我的是人的所有躯体和事物

过去的岁月逝去的人使我成形的神

我在世间无非是过客就像你们
　　一样经过
并且我移开目光不看这种空空的前景
唯见自身上全部过去在递增

除了尚未存在的什么也没有死去
比起闪亮的过去明天毫无色彩
而且也未成形难比力求完美
并同时展示努力和效果的实绩

玛丽姿比勒

在科隆城的高街上
每天晚上她都来回逛
婀娜的身姿供人玩赏
马路遛够了便进酒馆
深夜里还要灌黄汤

只为供养一个杈杆
她才这样穷困潦倒
棕发的犹太人来自台湾
身上总有大蒜的味道
到上海把她赎出妓院

我认识各种各样人
都没有什么好命运
身世就跟落叶一般
眼神如同未熄的火焰
心扉翕动也好比门扇

游　子　吟[1]

诗赠菲尔南·弗勒雷

给我打开我哭着敲的这扇门吧

生活像埃夫里波斯水流一样变幻[2]

你望着一片云和孤航的邮船
在向未来的狂热湍流降落
所有这些懊悔这些遗憾
　　　你可还记得

弯曲的鱼海上花波浪
一片夜色就是海洋
百川归大海汇入浩荡

我记得啊我还记得

① 这首诗同《安妮》和《狩猎号角》，最初刊登在《巴黎晚会》杂志第八期（1912年9月）。

② 希腊的埃夫里波斯运河，河水流向一日数变。

一天晚上我住进一家凄凉的客栈
就在卢森堡宫的旁边
厅堂里端飞起一位基督
某个人有一只白鼬
另一个人有一只刺猬
大家在打牌
而你，你早把我置于脑后

你可记得流落到各处火车站
　　那生活就像长住孤儿院
我们穿越的城市终日在旋转
到了夜晚又吐出白昼的太阳
水手哟沉郁的女人哟我的伙伴
　　你们可还记得

两名水手从未分散
两名水手从未交谈
年少的侧身倒下死亡

　　你们啊亲爱的伙伴
火车站的电铃声收割机的吟唱
一个屠夫的雪橇无数街巷的军团

桥梁的骑队烧酒的苍白夜晚
我见过的城市生活疯了一般

你可记得城市的郊区和那一群
　　　哀怨的风景

月光下的柏树投下阴影
夏天我聆听这夜之声
一只总在恼怒的忧伤的鸟儿
一条黝黯的宽河永恒的喧嚣

然而要熄灭的所有目光
所有眼睛的所有目光流向海湾
岸边野草寂寥一片荒凉
对岸那清晰明亮的便是高山

毫无声响一点活物也不见
这时却有活跃的侧影贴着山坡
忽又转过它们朦胧的脸面
前挑着长矛的影子鱼贯经过

那些黑影贴着陡峭的峰峦

形体时而张大时而缩小变短
胡子拉碴像人一样悲恸
在山麓上一步一步滑动

这些老照片上你能认出谁
你可记得那天一只蜜蜂掉进火堆
你应当记得那是夏末的一天
两名水手从来没有分离
年长的颈上挂着一条铁链
年少的将金发编成了发辫

给我打开我哭着敲的这扇门吧

生活像埃夫里波斯水流一样变幻

玛　利　亚[1]

小姑娘时你在此跳过舞
还会来跳吗等当了祖母
这是在欢跳的小揽棒
所有的钟都将敲响
玛利亚你何时再来这地方

舞会的面具都无声无息
而音乐听来那么遥远
就仿佛来自云天
是的我愿意爱你
但只爱几分痛苦又很甜

一群母羊踏着雪离开
羊毛的雪团白银的雪团

① 这首诗是诗人朗诵的三首诗之一，录入《话语档案》的一张唱片上（1913年）。诗人称这是他最为撕肝裂胆的一首诗，只因在1912年，他与玛利亚·洛朗辛之间发生严重分歧。

士兵们走过我好奇怪

是否有颗心这颗心变幻
变幻而我又不知道后来

不知道你的秀发要去哪里
熏暮犹如起伏波动的大海
不知道你的秀发要去哪里
而你的手秋天的叶子
也铺满了我们爱情的表白

我腋下夹着一本古书
沿着塞纳河畔走过
这河流正像我的痛苦
只管流淌而不干涸
这星期到底何时结束

白　雪

天使哟天使在天上
一个身穿军官装
一个身着厨师服
其他人都在歌唱

英武的军官天蓝装
圣诞节后很久春才来
授勋给你一颗大太阳
　　一颗大太阳

厨师往下拔鹅毛
　　哎呀下雪了
　　下雪又怎么
心上人不在我怀抱

在安德烈·萨尔蒙的婚礼上朗诵的诗

今天早晨看见挂旗帜我心中未曾讲
这正是穷人的节日盛装
不是民主的廉耻要向我遮掩它的痛苦
也不是提倡的民主现在就要人们去模仿
叶子啊植物的自由啊大地唯一的自由
不是房舍熊熊燃烧人离开不再回返
也不是这些明天将为我们干活而挥动的手
不是绞死不会利用生活的人
更不是要改变世界重新夺取巴士底狱
我知道唯独以诗立世的人才能重建人世
只为我朋友安德烈·萨尔蒙举行婚礼
　　巴黎才挂满彩旗

想当初我们还青春年少
我们是在一家该死的酒吧里相遇
我们俩衣衫褴褛抽着烟等待拂晓
醉心于醉心于同样话语但应改变含义

弄错了弄错了小可怜还不会大笑
餐桌和两只酒杯变成一个垂死的家伙
　　向我们投来俄耳甫斯[1]的最后一瞥
玻璃酒杯失落摔得粉碎
我们才学会敞声大笑
于是我们动身去朝圣逛地狱
穿越街巷穿越地区穿越理智
我又看见他在漂浮着奥菲莉的河流岸边
而雪白的女子如今还漂浮在睡莲之间
他踏着笛子的疯狂舞曲
走进面色灰白的哈姆雷特们的圈子里
我又看见他来到一个垂死的庄稼汉身边
　　数着那些真福
同时欣赏宛如裸体女人的白雪
我又看见他做这或者做那为了实践
　　同样的话语
而那话语在改变儿童的面孔
有回忆有未来我讲述所有这些事情
是祝贺我朋友安德烈·萨尔蒙结婚

① 俄耳甫斯，希腊神话中的诗人和歌手，善弹竖琴。他到阴间寻妻，以琴声打动冥后珀耳塞福。他带妻子回人间的路上，违反了冥后的禁令，回头看妻子是否跟在身后，结果妻子又回到阴间。

尽情欢乐吧并不是因为我们的友谊
　　曾经是滋养我们的河流
这流域的丰足食粮是所有人的希求
也不是因为我们的酒杯又向我们抛来
　　俄耳甫斯垂死的目光
也不是因为我们业已成年而许多人
　　可能把我们的眼睛混同星辰
也不是因为从窗户挂着的彩旗啪啪作响
　　公民们百年来心满意足总有
　　生活和鸡零狗碎要保卫
也不是因为我们以诗歌立世就有权支配
　　这些建造并拆毁宇宙的话语
也不是因为我们既会大笑也能够哭泣
　　而又不至于显得可笑
也不是因为我们喝酒抽烟一如从前
尽情欢乐吧因为主导热情和诗人的
爱情以及光明正在充满
星斗和星球之间的全部瓷实的空间
爱情要我的朋友安德烈·萨尔蒙
　　今日喜结良缘

1909年7月13日

诀　　别①

你可记得秋已归天
我折下这根欧石楠枝
我们在大地再难见面
欧石楠枝时光的气味
你要记住我在企盼

① 这首诗于1903年12月刊登在《欧洲盛宴》杂志第二期上。

莎　乐　美[①]

为让约翰—巴甫蒂斯特再次微笑
陛下我来跳舞比大天使跳得要好
母亲啊您告诉我为何黯然神伤
穿着伯爵夫人衣裙坐在储君身旁

听到他的话我心跳心怦怦狂跳
当时我边听边在茴香丛中舞蹈
我还给一面燕尾旗绣上百合花
他要系在权杖上作为他的旗号

如今啊我绣旗您说还能为谁
他的权杖重又开花在约旦河畔
希律王啊您的士兵要拿走旗帜

① 据《圣经·新约》记载，莎乐美是希罗底的女儿。希罗底嫁给莎乐美的叔父、犹太王希律，遭到施洗约翰的谴责。希律碍于施洗约翰是义人，便没有杀死他。一次希律做寿，要莎乐美在宴会上跳舞，并许诺给她任何想要的东西。莎乐美问过母亲，提出要施洗约翰的头，于是希律命人杀了施洗约翰，把头献给她。

所有百合都盛开在我的花园

大家都跟我去那边梅花林荫路
　　国王漂亮的小丑不要哭
跳起舞拿上这颗头既然没了人头杖
母亲您不要碰他的额头已经冰凉

陛下您走在持钺卫士前走在后面
我们要挖一个坑并将他埋葬
我们还要栽上鲜花跳起轮舞
一直跳到我丢掉了我这吊袜带[1]
国王丢了鼻烟盒
公主丢了大念珠
神甫也丢了经书

---

① 诗人取“莎乐美”这一象征派文学爱用的题材，在嘲讽的掩饰下，表达他所追求的安妮对他的深深伤害。

门[①]

旅店之门笑容可掬又面目狰狞
妈妈呀我当这伙计如何安心
唯独在我看来什么也不存在
多少凑合的夫妻走进这苦海
神气的天使昨早晨在马赛上岸
我听见遥远的歌声流散又流散
我这人默默无闻也一无可取

童年时我就把所做的全给了你

① 此诗大约作于1906年。当时德·科斯特罗维斯基夫人的儿子完成学业，面临生活的艰难现实，旅店之门当然影射职业之门。

墨林[1]和老太婆

那天太阳照耀在天上
如同慢慢流血的母腹
阳光哟是我母亲流血的阳光
月经潮一般乌云在奔流

冬季除了无刺的四面风玫瑰
十字路口没有鲜花开放
墨林在那儿窥视生活和能使
宇宙死亡又再生的永恒名堂

沿河岸下游走来一个老太婆
骑着骡子身上披件绿披风
而古人墨林在荒凉的平野
高喊着对头又顿足又捶胸

① 墨林，古代凯尔特神话中的人物，会巫术和魔法，到中世纪又成为亚瑟王传奇和故事诗中的巫师和贤人。早在13世纪，罗贝尔·德·博隆的故事诗《墨林》，又把这个人物描绘成圣杯的预言者，具有基督徒的色彩。

我的冰冷身躯哟受命运的压迫
因而这颗肉体的太阳在战栗
你瞧我的记忆来了像我又爱我
我要生个何等不幸的英俊儿子

他这举动打掉了灾难的骄气
跳跃的太阳摇晃自己的肚脐
于是爱情和英勇的春天突然
拉着手领来一个年少的四月天

从西方通来的道路曾覆盖着
枯骨堆一般的花和命运的荒草
抖动的楼阁与绿色腐尸为邻
而风也不时吹来毛发和厄运

叫慢骡子小步走向情人
阵阵小风抚平身上的皱纹
苍白的情侣发狂地拉起手
手指紧扣是这爱情的唯一表露

她摇摆着模仿生存的节奏
高喊我盼你召唤有百年之久

你生命之星影响了我的舞蹈
仙女摩根[①]也在吉贝尔山上观瞧

为你们展现万物在歌唱的幻景
恐怖的风装出快活月亮的笑声
还佯装恫吓初具形象的鬼魂
啊！这时跳舞该有多开心

我在冷寂的荒野白白地弄姿
多少鬼魅纷纷拥进噩梦里
我的旋舞表达着八端真福
每一端的纯效果无非是艺术

每逢要催谢百花的暮春时节
我一向只采撷山楂树花
每当猛禽宣布要开始打猎
死胎羔羊和圣婴便遭捕杀

你生活时我跳舞瞧我已老迈

① 仙女摩根，亚瑟王传奇和故事诗中的仙女，与凯尔特神话中的各种人物相关联。如在蒙茅斯的杰弗所著的《墨林传》（约1150年）中，她是美丽的岛屿阿瓦隆的统治者，曾给亚瑟王疗伤。

但是对山楂树花很快就生厌
一个老朽之身模仿痛苦情态
这四月的交心也实在可怜

而他们举起手好像鸽子飞起
黑夜如同老雕扑向这光亮
继而墨林向东行说他要上去
记忆之子也和爱情之子一样

他说从泥潭上去或化作人影
他将是我儿子我的不朽之作
他将在罗马的路上踽踽独行
举目望着天空而额头缠着火

名叫维维亚娜的女士在等我
春天来吧带来新痛苦的春天
我在牛至和款冬草丛中长卧
在开花的山楂树下待到永远

江湖艺人[1]

诗赠路易·杜穆尔

江湖艺人在平原
沿着一座座花园走远
穿过没有教堂的村庄
经过灰色客栈的门前

孩子们走在前边
大人沉思着跟在后面
他们远远向果树挥手
每棵果树都很留恋

他们有铅球和钢砖
有各种鼓和镀金的环
熊和猴子乖乖的动物
沿途期待着给赏钱

① 诗中诗人德国之旅的回忆，掺杂着诗人之友所喜爱的绘画主题。

窃　贼[1]

合　唱　队

偷果实的外国人又笨又可恶
窃贼窃贼这果实你何不讨要
既然你流亡而饥肠辘辘
他哭了又野又善这次就轻饶

窃　贼

我承认偷了熟果甜美的果实
但我并不用流亡来推脱
假如我还了我所偷的一切
要知道我等着普遍不公的折磨

① 这是《烧酒集》中创作最早的诗之一，确切时间难有定论。诗中弥漫着令人不安而又神秘的气息。

老　人

要温顺你这英俊的沉海者
你如阿佛洛狄忒[①]生于波涛
瞧人们对你不亚于古代贤哲
你们要谈爱情先等他吃饱

合　唱　队

偷果实的外国人又笨又有病
你父是斯芬克司而你母亲以光明
一夜迷住扎金索斯[②]和基克拉泽斯[③]
你恐怕是装作饥饿前来偷果实

① 阿佛洛狄忒，希腊神话中的爱神与美神，即罗马神话中的维纳斯，她是在大海泡沫中诞生的。

② 扎金索斯，希腊伊奥尼亚群岛最南一岛和第三大岛，在伯罗奔尼撒半岛西海岸外，古代由来自半岛的亚该亚人开拓。

③ 基克拉泽斯，希腊一州，由约三十个岛屿组成，位于爱琴海。该群岛在青铜时代曾是文化中心，多有古迹和考古价值。

窃　贼

妈妈呀听你挽歌的利古里亚①声音
熟果的主人让我如何回答欺凌
既然你们除了夜间做爱就没有
青春期和成年拿来当借口

有的果实圆圆的宛若灵魂
还有你们海滨花园散落的松仁
而在你们花园的这株桃树下，
我弃置了我的桨和布匿②刀等物品

橄榄色的柠檬清凉水的味道
在婉曲的柠檬树花丛中垂吊
你们的石榴全让鸟给啄破
而几乎所有无花果都已开裂

① 利古里亚，意大利北部地区，围着热那亚湾。阿波利奈尔于1880年8月26生于罗马，父亲是意大利人，故有“妈妈……”这样的诗句。

② 布匿，古罗马人称腓尼基人，尤其迦太基人为布匿人。

演　员

他走进满是壁画的大厅
画的白日黑夜在云端的乱伦
你坐下更好聆听利古里亚之声
伴随吕底亚①裸女西尼尔之音

男人都戴着舞台上的面具
而女人都戴着悬吊的宝石
买自塔纳格拉②老公鸡集市的项链
他们之间全讲迦勒底③的语言

在场的宾客都是一对对情侣
都同样无精打采佯装病秋
他们轮流说窃贼呀我宽恕你
首先接受盐然后再接受面包

---

① 吕底亚，古安纳托利亚西部的一个地区，西滨爱琴海，占有赫尔姆斯和凯斯特两河的河谷。公元前7世纪中期至前6世纪中期，他们一度称霸小亚细亚。

② 塔纳格拉，希腊古代维奥蒂亚的城市，在阿蒂卡洲北部，在罗马时代为维奥蒂亚的文化中心。

③ 迦勒底，巴比伦尼亚南（今伊拉克南部），公元前9世纪前称“海陆”，公元前635年建迦勒底王朝，兴盛百年，故与“巴比伦尼亚”同义并称。

这菜汤凉了你喝到嘴就没味道
山羊皮囊装白葡萄酒却能保鲜
可否给你上一盘蚕豆开个玩笑
或者蘸金黄蜂蜜的鲜花端上一盘
一个女人对他说你谁也不祈求
难道你相信沙时计流淌的偶然
窃贼难道你比别人还了解法律
你要不要我项链的祥符可保平安
果实的偷儿你抒情的目光转向我
你们给英雄的褡裢装满胡桃
他高尚胜过毕达哥拉斯①的孔雀
胜过海豚雄蝮蛇或者公牛

你是什么人乘斯基泰②风到来
从陆路或海路不知来了多少
迷失的征服者很快就离开
转瞬间的队列乘闪电逃跑

① 毕达哥拉斯，约前580—约前500，古希腊哲学家、数学家。他认为“一切都是数”，灵魂是一种自行活动的数。

② 斯基泰，又译西徐亚、公元前9世纪，斯基泰人生活在阿尔泰山东麓，后来大举西迁，于公元前625年侵入叙利亚，势力范围直达埃及边境。

合 唱 队

一个结巴的男人额头两道火焰
他经过时率领一小群人很自负
见过大海张开像睁开一只眼
每天都吃鹌鹑和天赐的食物
满脸胡须的打水人缠着头巾
黑白头巾能防病灾与厄运
他们从幼发拉底斯河返回
猫头鹰的眼睛时而吸引寻宝者

野蛮的诗人哟这爱饶舌的虫子
行将死时便一清二白地回归
珍视的森林并再见发芽生殖的
鸟儿和由泉水蓝天养大的蟾蜍
一支胜利大军从彩虹下呻吟开过
战车里伫立着苍白的戴桂冠者
一尊尊雕像散发雌羔羊下流话
以及雌孔雀和公鹅惶恐的沙哑

寡妇们数着念珠都走在前头
在向披风的热情敞开的等腰三角形

黑袍主教们不知不觉地恭候
帕拉斯[1]并唱赞歌颂扬黑美人
那些骑手将我们投进了未来
陶土香瓶装满鲜花或者灰烬
今晚你来到花园明智的偷儿
不用说我们将有佛罗伦萨式亲吻

你那宗派人是否崇拜猥亵的符号
贝尔菲戈尔[2]太阳寂静或者狗
这种瞬间的激情在蛇相爱时才有

演　员

而果实的窃贼嚷道我是基督教徒

合 唱 队

哈！哈！项链要叮叮响要喜爱面具

---

① 帕拉斯，希腊神话中海神特里同的女儿，女战神雅典娜将她误杀，为怀念她，便自称“帕拉斯”或“帕拉斯·雅典娜”。此处指战神。

② 贝尔菲戈尔，摩押人所崇拜的神。摩押人是西闪米特的一支，居于约旦高原，公元前9世纪强盛。摩押文化大约确定在公元前14世纪末至公元前582年（被巴比伦人征服）。摩押字母被认为是人类最早的字母形式之一。

去吧去吧黑影比火占上风
哈！哈！左翼的窃贼卷入狂风里
将要嘲笑你如同那群马嘶鸣

女　人

果实的偷儿你抒情的目光转向我
你们给英雄的褡裢装满胡桃
他高尚胜过毕达哥拉斯的孔雀
胜过海豚雄蝮蛇或者公牛

合　唱　队

哈！哈！我们将通宵摇晃击板[①]
利古里亚之声难道是护身符
如果你不是右翼你就是灾难
不啻预感或者一个灰点斑点

既然绝对在跌落这坠落是明证
在存在之前一能为二就会变三

① 击板，埃及的一种形似球拍的打击乐器。

我们承认怀孕总令我们激动
唯独腹部才能够否认自在性

瞧瓶里都插满湿湿的道德花朵
去吧但空着手因为一切属于我们
听这八面风合唱变格的节奏
你操起弓箭去射杀独角兽或牛羚

模糊轻淡的身影是你肉体的哀伤
它幽暗而具人性我们的也一样
去吧那淡淡的微光正是薄暮
而且我们谁也不会相信你的叙述

他像宝磁石光辉灿烂而又诱人
他怎么没有俄耳甫斯声音和衣裙
而到黑夜女人都装作是小母牛
很可能像别人那样爱他因为终究

他苍白像患麻风病的国王般英俊
他怎么没有俄耳甫斯声音和衣裙
宝石买自塔纳格拉老公鸡集市
怎不是忧伤的芦苇和致命的重负

他怎不去埃泽萨[1]的朝廷供职
他精瘦有魔法就能窥测苍穹
他公正有魔法就能祛除魔鬼
他苍白有魔法就能爱上女诗人

好！三段式雄健你是童年而冷淡
还算有分寸但是眼界显得很宽
棕发的轻信者带你影子游荡去吧
你没有别的符号唯有十字架

夜　风

啊！松巅枝丫相撞吱嘎作响
同时也听见狂风呼啸声声悲怆
附近的河流传来得意的喧闹
那是精灵临风欢笑或吹起号角
阿提斯[2]哟可爱而放浪的阿提斯
夜晚精灵就在呼唤你的名字

---

① 埃泽萨，希腊马其顿地区城市，古罗马时期，埃泽萨是从亚得里亚海到爱琴的交通孔道。

② 阿提斯，众神之母赛比亚的配偶。起初，古代小亚细亚的弗里古亚人信奉此神，后来传到罗马帝国，公元2世纪成为太阳神。他自戕死而复活，象征大地果实冬死春生。

只因哥特风将你一棵青松刮倒
森林就像古代军队望风而逃
松树哟到拐弯还舞动着长矛
村庄熄了灯火此刻正在静思
犹如处子诗人骚客和耆老
什么不速之客也不会惊起
哪怕胡兀鹫来袭他们的鸽子

吕勒·德·法尔泰南[1]

诗赠路易·德·贡扎格·弗里克

我曾爬向你们的洞府
美人鱼舌头伸进海洋
在奔腾的马前跳舞
继而鼓起天使的翅膀
我听着这些相争的合唱

一件武器哟我的头不安
我扇动一面枯萎的叶片
要驱赶暖烘烘的气息
这气息发自你们静默的
可怕之口对付我们的呼喊

那里有奇妙的事情
什么代价你们才应允

① 此诗约作于1907年，灵感显然发乎于情欲，但所指不详。吕勒·德·法尔泰南是诗人自谓：吕勒 Lul 为弗拉芒语，意为“童男”，法尔泰南 Faltenin 源于意大利语法尔泰罗纳山脉，些标题可译为“法尔泰南的童男”。

从我耳鼻喷出的鲜血
有我的情态我承认
伤害了我的双重自尊

如果船夫拼力地划桨
远远驶离波上的嘴唇
无数的动物却在路上
受了迷惑而嗅着销魂
要会我这至爱的创伤

它们的眼睛动物之星
照亮我心中的同情
我的智慧等于群星的
智慧又有什么关系
独有我的星夜晚照耀你

美人鱼哟这回我终于
下到一个贪婪的洞府
爱你们美目阶级滑溜
你们远没有修成仙女
不要再引诱任何客旅

全神贯注又很准确
只见我们的森林发新叶
大海和太阳相爱相欢
水手都盼望船上的桅杆
横桁又重新长成绿色

我还往下走而蓝天
很快就变成了水母
只因我浑身化作烈焰
唯独我这两条胳膊
是我痛苦的火把和理由

鸟儿啊把舌头探进海
昨天的太阳又照我来
晒得我们鲜血淋淋
美人鱼巢穴远远离开
一群椭圆形的星辰

茨冈女人

茨冈女人早已先知
你我该当被黑夜隔离
我们向她告辞之后
希望却跃出这渊薮

爱情沉重如耍把戏的熊
熊舞要听主人的命令
怎奈青鸟脱掉了羽毛
而乞丐们连声念阿门

完全清楚这是自讨苦吃
我们手拉手走在路上
爱情的希望令我们想起
茨冈女人预言的分量

隐 修 士

诗赠菲利克斯·菲奈翁

一个赤脚隐修士看着发白的头骨
他吼叫我诅咒你们殉教和痛苦
由不得我太多的东西引诱我
月亮的和连篇空话的诱惑

我祈祷时太多的星星逃匿
死人头哟老象牙哟眼眶窟窿
被噬的鼻孔我饿嘶哑的喊声
这有一块奶酪我权且充饥

主啊您要鞭笞落日的霞云
天空的云向您撅起多美的粉臀
当天开的花已经合上这是夜晚
而在黑暗中多少老鼠在嗑地板

人人知晓情爱划拳[①]无不游戏
肚脐之戏大傻瓜之戏就是情爱
手指虚幻数字的游戏就是划拳
主啊主您让我哪一天也能热恋

我等待将把纤指伸给我的女子
那些指甲打出多少白色的手势
倦怠的虚假的我等待陌生女郎
热恋的双手在我面前摇晃

主啊我何处冒犯而成独角兽
犹如心爱的布娃娃我这阳物
不待怎么以强烈的欲念来刺激
就兀自冲动起来像块界石站立

主啊基督赤条条往他身上投去
一件筒袍您还要熄灭那欲火
时辰多少叮当声要在井中淹没
而天上也要按时按点降下雨滴

① 诗人好做文字游戏。法文中的爱 l'amour 和划拳 lamourre 读音相同。

我在夹竹桃丛下守了三十夜
你在客西马尼园[1]吸没吸基督血
受难者回答你说不我也否认
只因我多么希望也未患上血汗症

我跪在那里细听心脏的跳动
血液还一直在他的脉管里流淌
那脉管就是珊瑚菌或老珊瑚虫
而我的主动脉吝啬得令人绝望

一滴落下是汗水但颜色不对
汗水血多红我嘲笑地狱的冤鬼
最后我才明白自己流了鼻血
只因我身边的鲜花香味太强烈

我还嘲笑根本不来的老天使
不缓缓飞来把圣餐杯递给我
我嘲笑灰翅膀这就脱掉苦修衣
这是残忍的里昂丝绸工的制作

① 客西马尼园，耶路撒冷城东橄榄山上的花园，现已不可考。耶稣被捕前的夜晚曾在此园中祈祷。

美德宝贝冷淡女教皇们的外阴
没乳房的圣女我要走向市井
也许为了我的童贞就死在那里
围着那些手那些皮许诺和言词

在蓝色狂风中我仍然挺立为神
宛如一束受到大海崇拜的月光
我怎么恳求海空各路仙圣也无用
谁也不为我这不发酵的甜面包祝圣

我往前走我逃跑夜妖啊在号叫
怎么也平静不了我睁大眼睛观瞧
望见夜哟你的天空凄惨地开放
静谧地挂满星斗像灿烂的药丸

无辜王后的一副骨骼吊在
一长串星上显示极度的绝望
夜里树林漆黑而白昼出人意外
喘息着死去时绿色希望也死亡

我往前走我逃跑昼哟拂晓激动
闭上猫头鹰那种古老红宝石般

温柔而凝注的眼睛还有这母羊
和坠着粉乳似圆叶的母猪的目光

乌鸦展翅就像波形号它们的身影
白白掠过可怜的已熟的燕麦田
离村镇不远的茅屋可不洁净
把死了的猫头鹰钉在了天花板

我的路途漫长我也满腹忧伤
指头的骨骼一副副终结着杉树
迷失我的路也常迷失孩童的梦想
而我曾在杉树林的空地上露宿

昏倒的暮晚哟我的路终于走完
城池显现在钟声里十分庄严
现在走近了我的淫念也化为乌有
我进了城还用双手给人群祝福

城池啊我笑你的楼阁就好像
白色茨菰长在精致的蓝色空地上
而我的欲望也相继风流云散
我这虔诚的偏头痛又罩住傻瓜蛋

因为她们全来向我承认罪过
主啊我借助恋女的供认才为圣徒
泽洛蒂德和洛丽路易丝和佳芒特
都对我说你可以了解你这怕生者

隐修士啊赦免我们的绝非小过错
你哟我们喜爱的做了忏悔又纯洁
要了解我们的心我们爱做的游戏
我们的亲吻十分精美甜如蜂蜜

于是我赦免血样殷红的供认
裸体的女诗人仙女风骚娘们
每当夜晚我看见拥抱的情侣
可怜的欲望都难让我的胸隆起

因为我已无念无欲只想让
我的疲倦双眼合上不看果园
园里充斥着血红醋栗的大喘息
还充斥着西番莲的圣洁的暴戾

秋

一个膝外翻的农民雾中行走
赶着一头步履缓慢的耕牛
秋雾遮掩怕丢丑的穷村庄

农民在那边一路上哼唱
唱一支薄情负义的情歌
一枚戒指和破碎的心的诉说

秋啊秋到底逼死了夏季
两个灰色的身影走在雾里

兰多大道[①]的侨民

诗赠安德烈·比利

他手拿着帽子右脚跨进
国王定点的高级裁缝店门
这商人刚刚砍掉几个穿戴
跟体面人一样的模特的脑袋

四面八方的行人摩肩接踵
拖在地上的身影无爱地相重
几只手指向布满光湖的天
有时又像白鸟似的飞走不见

我前往美洲明天就开船
一去再也不复返
带着我在抒情园地挣的酬金
沿喜爱的街道指引我盲目的身影

① 兰多大道，是伦敦的一条街道，正是诗人追求的安妮的住址。本诗应作于诗人第二次伦敦之行和年轻姑娘赴美（1904年）之后。

因为只有出外当兵的人才回乡
制钱包工人全卖了我的纯金勋章
我换了一身新装终于想睡觉
望树上尽是猴子和噤声的鸟儿

模特为了他把衣服全脱光
稍微撢一撢就挨件给他试装
已故爵爷的衣服付款没打折扣
他穿在身上就有百万富翁的派头

在店外面的岁月
观看橱窗的摆设
观看受难的模特
再拖着锁链走过

那是寡妇日插入一年中间
血腥的星期五缓缓的埋葬
战败的白色和全黑色天在哭
正是魔鬼的老婆打了情夫

继而到叶子尚无定向的秋码头
船同样覆盖着叶子扶船舷的手

他上船将旅行箱往甲板一撂
　　　　便坐下

大洋的风劲吹咄咄逼人
在他头发中留下长长的湿吻
移民朝码头挥着疲惫的手
另一些移民跪着泪不住地流

他久久凝望消隐的海岸
唯见天边摇荡着玩具似的船
极小的一束花随波逐浪
便给大洋铺一张无边的锦床

他很想拿这束花到别的海中
同所有海豚嬉戏引以为荣
　　有人在他记忆里
　　编织他的故事
　　一幅无边的挂壁

　　然而为了淹死变成虱子的
那些总不断询问的编织女工
　　他就像总督一样结婚

伴随一个无夫的美人鱼的喊叫

海哟暮晚时分你膨胀直到拂晓
角鲨的眼睛都在远远贪婪地窥视
被星斗啮噬的岁月时日的尸体
在浪涛的喧闹和最后誓言中浮漂

玫　瑰　园[1]

诗赠安德烈 · 德兰

我在阿姆斯特丹
足足花了两个钟点
跟随一女子看她进门
我便久久地守在阶前
用手指抛去飞吻

然而运河阒无一人
空荡荡河边无人证明
我的飞吻如何找见
一天耗去两个多钟点
我献给生命的那个女人

我称呼她为玫瑰园
总想在回忆中再现

① 此诗发表于1912年。诗人多次去荷兰，尤其是在1905年、1906年和1908年假期。

她那张在荷兰开花的嘴
继而我缓步地走远
去寻觅人间的玫瑰

火　　场①

诗赠保罗—拿破仑·鲁瓦纳尔

一　崇高的火

我传播并崇拜这火焰
并且遵照你的意愿
这是同样崇高的火
我要亲手将这过去
逝者的头颅投进烈焰

星辰猛发的奔腾
无非是将来的变形
要会同植物的浩叹
和在马场的神骏
所交织的雄壮的嘶鸣

① 《火场》共三首，序号和小标题为译者所加，以为醒目。这是诗人最满意的诗作之一。

我曾拥有的这些头颅
我青春的上帝今安在
爱情哟爱情也变坏
但愿烈火重新燃起
剥露我的灵魂暴日晒

平原喷出了烈火
柠檬树吊着我们的心
砍掉的脑袋在欢呼我
而涔涔流血的星辰
无非一颗颗女人头

用针别在城市的河流
固定你就像穿件衣服
你去会温顺的两性
去聆听能让石头移动
各种美妙的声音

二　我在火场中燃烧

我在火场中燃烧火焰熊熊
将我投入火场的信徒之手

无数倍增
腰斩的成员也在我身边点燃
骷髅啊你们远远离开火场
我足可以维持我的欢乐之火
永世炽旺
而且鸟儿也能以其翅膀保护
我的面孔和太阳

记忆哟有多少种类在堕落
廷达瑞俄斯的子女带着我的
幸福的火蛇
而那些毒蛇也无非是能够永生
但不会迷人的天鹅的脖颈[①]
这就是我焕然一新的生活
巨型的舰只正来往游弋
我再次把双手探进大洋里

这就是我的航船和焕然一新的生活
我这生活的烈焰已成燎原之火
在我和惧怕烧灼的人之间

① 廷达瑞俄斯是希腊神话传说中的斯巴达王，遭兄弟驱逐，逃至勒达那里，并娶勒达为妻。天神宙斯化作天鹅，与勒达交合，勒达便生下波吕丢刻斯和海伦。

再也没有任何共通之点

三　花园

花园从阳光冥想的高空滑降
又冲向变幻莫测的九霄之上
戴面具的未来燃烧着穿越云天

我的女友啊我们听候你的意愿

我真不敢看天庭舞会的假面

欲望之神何时能将天边染蓝

我们大气层之外搭起一座舞台
那是虫子扎米尔凭空造出来
太阳又前来照耀一座依山
出现的海上城市的广场
倦飞的鸽子休憩在屋顶上

斯芬克司牧群缓缓地回圈
终生高唱着那牧人之歌

天上舞台用牢固之火修建
坚固如虚空用以果腹的星座

　　　　这便是景观
而我则永远坐在椅上观看
我的头双膝臂肘失灵的咒符
火焰就像叶子从我身上长出

鲜亮的新动物非人的优伶
正向被驯服的人发号施令
　　　　　　大地
撕裂的大地啊由江河补织

我宁愿日夜待在斯芬克司圈里
要看看我是否最终会被吞噬

莱茵河谣曲[①]

莱茵河之夜

我这满杯的红葡萄酒像火苗一样颤动
请听一个流浪艺人舒缓的歌曲
他唱道曾看见七个女人在月光中
抚弄着她们垂至脚面的绿发长丝

站起来跳轮舞唱歌声音更高
让我听不见那流浪艺人的歌谣
这些盘着发辫眼神凝注的金发女郎
让她们全坐到我的身旁

莱茵河啊醉了莱茵河葡萄对着
河面照镜

① 《莱茵河谣曲》共九首，在《烧酒集》中占重要分量，也是少数几首注明写作日期的诗作。这组诗作于1901年9月至1902年5月。

夜空的金子全坠落在河中反光跳动
歌声催命似的嘶哑难听喋喋不休
这些绿发的仙女都把夏天诅咒

我的酒杯摔碎了恰如一声狂笑

五　月

五月美丽的五月莱茵河上泛舟
一些女郎在山上驻足观看
你们真美丽啊可是小船划走
究竟是谁让岸边柳涕泗涟涟

鲜花盛开的果园在身后定格
五月樱桃树纷落的花瓣儿
正是我深爱的女子的指甲
蹂躏的花瓣又像她的眼帘

几个茨冈人在岸边缓缓而行
跟在一辆驴车的后面
牵着一只猴一条狗和一头熊
一支笛声也越走越远

进行曲回荡在莱茵河畔葡萄园

五月美丽的五月用蔷薇
和爬山虎装饰废墟
莱茵风摇着絮语的芦苇
摇着葡萄杏花和岸上的柳枝

犹太教堂

奥托马尔·斯考莱姆和亚伯拉罕·赖夫林
头戴绿色呢帽在安息日的早晨
他们走向莱茵河畔的犹太教堂
而那边的葡萄染红了相邻的小山

他们高声争论的事情实难启齿翻译
月经期怀的私生子或者让魔鬼进入
你父亲的身体
古老的莱茵河抬起流汗的脸微笑着
扭向一边
奥托马尔·斯考莱姆和亚伯拉罕·
赖夫林都七窍生烟

因为在安息日他们不能抽烟
而身边走过的基督徒却叼着烟卷
　　　　　　　　　　那么安闲
还因为奥托马尔和亚伯拉罕
　　　　　　　　两个人都爱上
丽雅那姑娘走路肚子有点前挺

　　　　　　　　长一对母山羊眼

然而过一会他们前后走进教堂
就要摘下美丽的帽子吻吻经卷[①]
奥托马尔要边冲亚伯拉罕微笑边歌唱
在装点着节日的细条树枝中间

他们不合拍还走了调而男人们的
　　　　　　　　　　浑厚歌声
仿佛秋之声将引起莱茵河底的怪兽
　　　　　　　　　　　发出哀鸣
在万帽攒动里人们摇着棕榈枝

① 经卷，作者用的词特指《圣经·旧约》前五卷，即犹太人信奉的摩西五书。

Hanoten ne Kamoth bagoim tholaboth baleoumim[①]

钟

我的英俊茨冈我的情郎
你听呀钟全都敲响
我们拼命地贪欢
还以为周围没人看见

其实我们根本没有藏好
四周的大钟全已看到
它们在高高的钟楼顶
将这事广而告之所有人

等明天西普利安和亨利
玛丽于苏尔和卡特琳
我的表姐热珥特吕德
还有面包房老板娘和老公

他们见我走过会发笑

① 希伯来文，意为“在国家之间实施报仇，在各族之间实施惩罚者”。

我不知把脸该往哪里放
我流泪你却远远走掉
　　也许我会一命亡

金发女巫

诗赠若望·塞夫

巴哈拉赫城有一个金发女巫
她让周围所有男人害相思而一命呜呼

主教便派人传她到宗教法庭
一见就先赦罪只因明艳照人

美丽的洛尔蕾哟你满眼都是宝石
你的巫术受业于哪一个魔法师

我已经厌世我的眼睛中了魔
主教啊瞧过我的人无不殂落

我的眼里是火焰而不是宝石
投进去吧将这种巫术投进火里

美丽的洛尔蕾啊我在烈火中燃烧
我中你妖术换个人对你不会轻饶

主教啊您取笑您不如为我祈祷圣母
就让人处死我愿您得到上帝的保佑

我的情人走了远在天边
处死我吧既然我再无爱恋

我心痛欲碎还不如一死了之
我若是瞧瞧自己也必死无疑

我心痛欲碎自从他不在我身边
我心痛欲碎自从他离去那一天

主教唤来三名手执长矛的骑警
把她押送修道院这神经错乱的女人

去吧疯癫的洛尔眼神闪跳的洛尔
你穿上一身黑和白就成为修女

说罢他们四个人便启程

洛尔蕾哀求他们眼睛亮如明星

骑士啊允许我登上这高高的岩石
我那美丽的城堡让我再看一次

让我在这河中再照上一面
然后我就去处女和寡妇的修道院

高岩风急卷着她的秀发翻飞
骑警们高呼洛尔蕾洛尔蕾

只见莱茵河那边飞来一只小舟
我的情人在舟中望见我便呼唤我

是我的情人回来我的心变得多温柔
她于是俯下身失足落入莱茵水流

只因在水中看见了美丽的洛尔蕾
她那太阳金发她那眼睛莱茵河水

辛德海思

诗赠马里于斯—阿里·勒布隆

辛德海思同他的匪帮
在森林里解除武装
这强盗就在他人马旁边
局喊对美丽五月的爱恋

班泽尔蹲着读《圣经》
全然不管他那尖帽顶
帽尖插着一根鹰羽翎
能给坏蛋雅各布·波恩当靶子用

一当舒尔茨拎来小木桶
海思假里假气叫了一声
朱丽叶·布拉修本来在打嗝
这时也装作打了个嗝呃

舒尔茨连声喊叫泪水流
桶里装满醇香葡萄酒
但愿警察今天来拜访

大家一起把五月酒喝光

来吧朱丽娅大小姐
来同我们一起喝
这是百草和莫泽勒葡萄的新酿
跳舞的班迪祝你健康

这个女强盗很快就喝醉
她要做爱海思却不干
现在不行我的母鸡
还是给我们做一小顿美餐

今晚就用松脂火把照明
我要去莱茵河畔
杀掉那个犹太富翁
五月之花就是金钱

于是全体匪帮大吃大嚼
吃饭中间又放屁又大笑
再以德国方式发一通怜悯

然后才去杀人[①]

莱茵河秋日谣

诗赠诸圣·吕卡

都是死者的孩子
到墓地去嬉戏
马尔丹和热特吕德
汉斯和亨利
今天没有一只公鸡
喔喔啼

那些老太婆
边走边悲咽
驴子好样的
嘿哈亮嗓子
又开始吃起
花圈上的花朵

① 这个强盗头子及其同伙于1803年被处决。阿波利奈尔是在德国听一个造假者讲述的。

今天是死者及其灵魂的忌日
孩子和老太婆
都点燃大蜡烛和小香烛
放到每个天主教徒的墓上
老太婆的面纱
天上的云彩
都像母山羊的胡子

空气在烛火和祈祷中战栗
墓地是一座美丽的花园
长满了灰色的柳树和迷迭香
经常有朋友在此下葬

在这座美丽的墓地
啊！你们该有多么安适
你们哟喝啤酒醉死的乞丐
你们哟像命运一样的瞎子
还有你们哟在祈祷中
就断气的小小孩子

在这座美丽的墓地
啊！你们该有多么安适

你们这些市长你们这些船夫
你们这些掌权的市政参议
还有你们没有身份的茨冈
生活在你们肠肚里腐烂
十字架在你们双脚之间生长

莱茵河的风
伴随所有猫头鹰呼啸
刮灭蜡烛又被孩子点着
而刮来的枯叶
则覆盖了死者

死去的孩子有时
还同母亲耍贫嘴
而死去的女人有时
还希望能够返回

嗳！我不愿意你往外走
秋天处处是砍断的手
不对不对这是枯死的树叶
这可是死去亲人的手
这正是你的断手

天上没有太阳
墓地布满烛光
今天我们同孩子和老妇人
同死者哭得多么伤心

然后我们顶着风回去

我们的脚下滚着栗子
而栗子的壳斗如同
圣母受伤害的心
恐怕连她的肌肤
也是秋天栗子色

杉　树

杉树头戴尖顶软帽
穿着一身长袍
　俨如星相家
它们在招呼被伐的兄弟
莱茵河上游弋的船只

世上共有七种学问

它们通过先辈老杉树
　那些大诗人
知道它们生来就注定
比某些星球还光明

光明而轻轻地变成
白雪皑皑的星星
　在圣诞节上
梦中杉树的节庆
长长的枝挂着忧伤

杉树出色的歌手
歌唱古老的圣诞节
　在秋风之夜
或者是严肃的魔法师
念咒能驱走天上的霹雳

一排排白色小天使
冬天就取代杉树
　摇动着翅膀

夏天就是大教士[1]
或者一些老蚂螂[2]

杉树哟流浪的医生
提供的药膏特别灵
　当高山分娩
时常在狂风中
一棵老杉呻吟并安眠

女　　人

葡萄园工人家中女人在缝补
浪香填满炉子坐上煮咖啡的水
那只猫取了暖便伸展腰身
热特吕德同邻居马尔丹终于结婚

笼中的盲夜莺试着要歌唱
但是仓鸮一叫它就吓得发抖
那棵柏树好一副教皇
在雪下旅行的模样——邮差刚站住

① 此处用语为犹太教的大教士。
② 蚂螂，蜻蜓的方言，原诗用语是蜻蜓的俗称。

为了同新来的乡村教师交谈
——今冬很冷能酿出上等葡萄酒
——又聋又瘸的圣器室管理员要归天
——老镇长的女儿在给一条襟带刺绣

为了祝贺本堂神甫生日那片森林
借助风唱出大管风琴的浑厚声音
梦中赫尔·特罗姆同妹妹弗罗出现
凯蒂这些株子你没有补完

——拿来咖啡奶酪和面包片
果酱猪油还有一罐牛奶
——劳驾再给我倒点咖啡浪香
——这风好像在讲拉丁话可真怪

——劳驾再倒点咖啡浪香
——洛特你伤心噢小妹妹——我想她爱上
——上帝保佑——我嘛我仅仅爱自己
——嘘现在老奶奶正祷告数念珠

——我咳嗽要吃块勒尼牌冰糖
——皮埃尔带着白鼬去猎野兔

风吹着所有杉树跳起轮舞
生活很甜美莉丝——爱情使洛特忧伤

夜幕降临葡萄园工带着畸形的牛肝菌
在朦胧的暮色中变成了枯骨堆
在雪地上就像裹了白布的死人
冻得麻木的行人引起了犬吠

他死了你们听教堂的钟轻轻敲响
宣布圣器室管理员已经去世
莉丝快把要灭的炉火拨旺
这些女人在麻麻黑夜中画了十字

征　　兆

我完全顺应秋天的征兆
其实我爱果实而鄙视花朵
我给的每一吻都要懊恼
如打落的胡桃向风诉苦

我永恒的秋啊精神的季节
旧日情人的手覆盖你地面
我这形影就是命定的夫妻
今晚鸽子还要最后飞旋

夜　　晚

一只雄鹰飞降大天使的白夜空
　　　您哟请扶住我
您还要让所有灯盏久久颤动
　　　为我祈祷祈祷

在你蓝眼睛中唯一淹没的星
　　　是这钢铁之城
有轨电车驶在长疥疮的鸟身
　　　喷射着白火星

我梦中之景无不在你眼中震颤
　　　一个男子独饮
暗红的路灯下你手臂盘成一团
　　　灯火如蛤蟆菌

瞧这历史学家向女听众伸舌头

一个幽灵自戕
使徒吊在无花果树口水缓缓流
拿爱情赌一场
清亮的钟声已宣布你的出世
你瞧
道路开满鲜花而棕榈勋章向你
奔跑

贵　妇[1]

咚咚敲他已关房门
园中百合全遭蹂躏
抬走这个死者是什么人

你刚刚敲了他的房门
而遛弯弯
小耗子在乱窜

① 这首短诗的源起与《诀别》性质相同，但是诗人淡化事件，以利读者惊奇。

婚　礼　篇[①]

诗赠毕加索

变　　心

春天让变心的未婚夫妇游荡
还让蓝色羽毛久久地摆晃
那是青鸟筑巢的柏树在摇羽毛

一位圣母拂晓就采了犬蔷薇
明天她还要来采撷紫罗兰
采的花全放到鸽子的窝里
再让今晚像圣灵的雄鸽去交欢

最后一拨女人在柠檬小树林
那样贪欢正像我们喜爱的爱情

① 《婚礼篇》，发表于1908年11月至12月。小标题为醒目而加。阿波利奈尔在给玛德莱娜的信中，比较《火场》那组诗，称《婚礼篇》是《烧酒集》里“最新、最抒情、最深刻的”组诗。

在柠檬果之间悬挂着她们的心
远村就像她们眼帘忽闪的眼睛

酒杯斟满星辰

友人终于向我公开表示鄙薄
我的酒杯斟满星辰大口地喝
一个天使趁我熟睡时全部杀光
凄凉的圈栏里的牧人和羔羊
乔装的百人队长搬走了醋坛
被千金子划伤的痞子跳得正欢
警醒的星星一颗我也不知晓
月光下的路灯撒下一条条火苗
掘墓人拿着玻璃杯敲起丧钟
烛光里一条条假衣领都在拼命
扑到没刷干净的裙子波涛上
假面产妇则装模作样感谢神灵
今天夜晚这座城市酷似群岛
女人们求爱还要人对她们倾倒
黝黯啊黝黯的河流我还能忆起
流过的幽灵从来谈不上美丽

我不再怜悯自己

我甚至不再怜悯我自己
也难以表述我这沉默的忧戚
我要讲的词语全幻变成星辰
一个伊卡洛斯要飞上我的每只眼睛
我是多少太阳的载体在两片
          星云的中心燃烧
我究竟如何得罪了智慧的神学蠢兽
从前死者纷纷还阳向我表示崇拜
我也曾盼望世界末日快来到
而我的末日呼啸而至如一场风暴

我有勇气回首

我有勇气回首往事
我那些岁月的尸体
标示我的旅途怎不叫我哀悼
有些岁月腐烂在意大利教堂里
或者腐烂在一年四季
都开花结果的
柠檬小树林中

另一些岁月临终
还曾在小酒馆里痛哭
那里的火热的花束
在一个发明诗歌的
黑白混血的姑娘眼中肆虐
在我这记忆的花园里
还盛开着电的玫瑰

请宽恕我的无知

请宽恕我的无知
宽恕我不再懂作诗的老规矩
我一窍不通了现在唯独喜欢
鲜花在我眼中重又变成火焰
我怀着圣洁之心思考
不免笑我尚未实施的创造
然而时间一到空影就终于坐实
并且开始增益
实现我的爱多姿多彩
这样的作品我也就赏识

感　官

我观察星期日的安歇
我也赞扬懒散
如何如何压缩
压缩这无限
即我的感官
强加给我的小科学
其中一种感官
像高山像天空
像城市又像我的爱情
它也酷似春夏秋冬
它被斩首它的头是太阳
而它砍断的脖颈就是月亮
我希望感受一种无限的火热
我的听觉的恶魔
你怒吼你悲咽
雷电充当你的长发
而你的利爪在重复百鸟之歌
巨大的触角穿透并毒害我
我的眼睛离我远游
我的无敌师傅是完好的星球

最危险的野兽头上有花纹
最美的怪物散发桂花香
但是它却黯然神伤

我再也不惧怕谎言

终于我再也不惧怕谎言
这就是说像餐盘上荷包蛋的月亮
要给溺水女人戴上的水珠项链
多情地奉献两顶荆冠
作为我的受难主日[①]的花束
街道湿了是由于往昔的雨
勤恳的天使在我家中苦干
在这神圣的一整天
月亮和忧伤将一同消失
神圣的一整天我边唱边遛弯
一位女士凭窗久久凝望
目送我唱着走远

① 受难主日，即复活节前的第二个星期日。

我在一条街口

我在一条街口看见水手
露着脖颈由手风琴伴奏跳舞
我已全部献给了太阳
除了我的影子全部

拖网包裹半死的美人鱼
三桅帆船隐没在溟蒙的天际
风已止息戴上了海葵花冠
圣母哟第三个月的纯洁标志

我在你们中间燃烧

烈焰圣殿骑士哟我在你们中间燃烧
大师啊让我们一起大胆预言
我是渴望之火忠心为您效劳
美妙啊美妙的夜啊喷泉在旋转

一股热情的自由烈焰打开锁链
隔离中的死者哟我将吹灭这烈焰
我就仿佛在瞄准箭靶上的鸟

以我的死映照世上的荣华和苦难

没有把握所绘的假当你坠落
太阳和爱情就在村子里跳舞
而你这群孩子穿得是好还是糟
却已搭起这柴堆[1]我的勇气之巢

月　　光[2]

酿蜜的月亮有两片疯子的嘴唇
今天夜晚贪食的是果园和乡镇
一颗颗星辰颇像一只只蜜蜂
光亮的蜂蜜滴下葡萄藤
瞧啊轻飘飘地从天上降落
每束月光就是一束蜂蜜
我隐身来构思十分甜美的奇遇
只怕大角星[3]这只蜂的火芒刺
放到我手里的是失望的光辉
而从风的玫瑰取走了月光蜜

① 柴堆，在西方语言中“柴堆”往往用于火刑。
② 这首诗起初刊登在《大法兰西》杂志第十九期上（1901年9月）
③ 大角星在牧人星座。

一九〇九年

这女士穿一身
紫红色长裙
上衣锈着金边
由两幅衣片构成
紧紧系在双肩

那对明眸天使般忽闪
那笑脸那笑脸
那张脸是一面法兰西国旗
唇红齿白眼睛湛蓝
那张脸是一面法兰西国旗

衣领开得溜圆
秀发梳成雷卡米埃[1]式发环
裸露的玉臂秀色可餐

难道永远听不见钟敲夜半

① 雷卡米埃，1777—1849，法国著名贵妇，主持本府沙龙，接待波拿巴的反对派。热拉尔为她作了一幅著名的肖像画。

这女士身穿紫红色长裙
上衣镶有金花边
领口开得溜圆
炫耀着金色软帽
和她的发环
缀环的小鞋步履款款
她简直美若仙子
你见到绝不敢爱恋

我爱过大片街区的极凶的女人
那种街区每天都有新生命出现
那些女人血液是铁头脑是火焰
我爱过灵巧操作机器的百姓
奢华和美貌不过是他们的渣滓
这女人美若仙子
着实令我畏惧

狱　中　篇[①]

一　牢房

我要进入牢房
必须先脱得精光
这叫声多么瘆人
吉约姆你成了什么样
拉撒路[②]本该出来
却不知怎的进了坟墓
别了我的年华少女啊
别了欢歌的轮舞

---

① 1911年9月7日至11日，阿波利奈尔被捕入狱，被秘密关押。案由是卢浮宫的名画《蒙娜丽莎》于8月21日失窃，一个名叫热里·皮雷的人曾当过阿波利奈尔的秘书，他因盗窃卢浮宫的藏品半身雕像而事发，牵连了阿波利奈尔。经朋友们力保，阿波利奈尔被关四天后释放，免于起诉。这组诗共六首，坦率的抱怨，令人想到魏尔伦在比利时被关押事件。

② 拉撒路，《圣经》中人物，耶稣的朋友和学生，死后四天，耶稣使他复活。

二　我感到

唉我感到至此已不是
　　　　我自己
我是第十一牢房的
　　　　十五号

太阳从牢房的玻璃窗
　　　　透进来
光线在我的诗行上
　　　　耍丑态

而且还在纸上舞蹈
　　　　我倾听
有什么人在用脚跺着
　　　　房拱顶

三　放风

每天早晨我放风
在深沟里像一头熊
转啊转啊总是打转

天很蓝像一条锁链
每天早晨我放风
在深沟里像一头熊

在旁边那间牢房
有人放水哗哗直响
而狱卒在来回走动
身上的钥匙哗啦有声
在旁边那间牢房
有人放水哗哗直响

四　我多烦闷

我多烦闷在这四堵光秃秀并刷成
　　惨白色的墙中
一只纤足的苍蝇在我的稿纸上
　　爬遍我的长短行

我会怎样上帝哟你了解我的痛苦
　　这痛苦是你所赠
可怜可怜我苍白的脸无泪的双目
　　锁住椅子的响声

所有这些可怜的心在狱中跳动
陪伴着我的爱情
你尤其要可怜我这脆弱的理智
它快被绝望吞噬

五　狱中时刻

多缓慢啊狱中的时刻
就像一支送殡的队列

将来你要哭这流泪之日
嗟叹这时日过得太匆急
如同流逝的所有岁月

六　我倾听

我倾听那市井之声
视线却囚在这狱中
举目唯见牢房的秃壁
唯见一角敌意的天空

白天过去到了夜晚
牢房里一盏孤灯点燃
美的光明亲爱的理智
这狱中只有我们相伴

1911年9月

病　　秋[①]

秋病恹恹又惹人喜欢
你要逝去啊一旦狂风咆哮玫瑰园
一旦雪纷纷
落入果树林

可怜的秋
死得洁白而富有
雪覆盖而果实熟透
在高天上盘旋
几只雄鹰俯瞰
下面那些绿发矮小
从未爱恋过的小女妖

呦呦鹿鸣在遥远

① 阿波利奈尔于1902年3月至4月在慕尼黑逗留。这首诗的灵感来自莱茵河，估计是这个时期所作。

森林的边缘
我多爱你哟这季节这声籁
果实自落而无人采摘
风和森林向秋哭泣
抛洒的眼泪纷纷落叶
落叶
人踏过
火车
行驶
生活
流逝

旅　　店

客房是独居
人人为自己
来的是新客
房钱按月计

老板性多疑
能否付得起
我像个舅公
哪儿来回哪儿去

车马隆隆响
邻居丑模样
抽烟特别冲
难怪英国产

瓦利埃尔婆娘哟

走路还跛脚
好个床头柜
嘲笑我祈祷

大家凑一起
住这旅店里
我们讲的话
像在巴别塔[1]

房门一关严
门锁拧两转
人人独自爱
人人独自恋

① 巴别塔，取典《圣经·旧约》，挪亚后裔要建城和通天高塔，称巴别塔。耶和华搅乱他们的语言，使他们无法沟通，城与塔遂未建成。

狩猎的号角

我们的故事超凡而悲惨
酷似一个暴君的假面具
哪一个偶然或神奇的事件
哪一个不相干的鸡毛蒜皮
不给我们的爱情增添凄婉

托马斯·德·昆西[①]嗜好鸦片
常喝那甘美而贞洁的毒药
然后就幻想他那安娜小可怜
万事皆休就干脆万事皆抛
我还要经常回首顾盼

往事无非是狩猎的号角
号角之声在风中渐消

---

① 托马斯·德·昆西，1785—1859，英国作家，以《一个瘾君子的自由》一书闻名。早年他过流浪生活，在伦敦同年轻妓女安娜交好，终生嗜好鸦片。

葡　　月①

未来的人们啊请你们记住我
我曾在国王灭绝的时代生活
他们忧伤而逐个默默地殒命
三倍勇敢的人就变成托特神②

九月末金秋时节巴黎多绚丽
每天夜晚都变成一片葡萄园
葡萄藤将其清辉洒遍了市区
我的光荣的醉鸟啄食着星汉
天上星斗则等待收获的晨曦

一天夜晚我徒步返回欧特伊
沿着寂静而黝黯的河滨大道

---

① 这首长诗发表于1912年11月，是诗人去掉标点符号发表的第一首诗，也许是他最喜欢的诗。按照法国共和历，葡月始于9月20日或23日，当然是收获葡萄的月份。

② 托特神，古埃及司月份、文字和智慧的神，古希腊人则尊称为三倍伟大的赫耳墨斯。

听见有人低沉唱歌时断时续
歌停间又有清越之音的哀怨
从遥远的地方传到塞纳河畔

我久久地倾听那歌声与喊声
那是幽夜中由巴黎之歌唤醒

我渴了法兰西欧洲和世界的
城市全流进我这深深的喉咙
我看见巴黎城已经醉意醺醺
正采摘大地上最甜美的果实
架上歌唱的葡萄珠全是奇迹

而雷恩同坎佩尔和瓦讷[1]回应
巴黎啊我们来了房舍和居民
太阳养育的我们一串串感官
全奉献来为你解饮为解奇饮
我们给你带来全部大脑墓地城垣
这些摇篮充满哭声你听不见
我们思想河流啊上游到下游

---

① 雷恩同坎佩尔和瓦讷，三座城市均在法国西部布列塔尼地区。坎佩尔和瓦讷濒临大西洋的两座城市。

学校的耳朵和我们靠近的手
我们伸开指头的手就是钟楼
我们还带给你这灵活的理性
由神秘关闭如房屋的一道门
这是风雅的艳情的秘密
这种秘密命定另一种生活
双重的理性却超出美的范围
无论希腊或东方都未见识过
布列塔尼的双重理性在那里
大洋用浪锋逐渐阉割旧大陆

但是北方城市却欢快地答应

巴黎啊我们来了全是活饮料
雄健的城市高歌又大喊大叫
那是我们神圣工厂的神圣钢铁
我们向天的烟囱使乌云怀孕
就像古代伊克西翁[1]那样机械
还有我们的手无穷无尽

① 伊克西翁，希腊神话传说中的人物，他是托庇泰王，曾被迫逃到宙斯那里，他反而要勾引赫拉；宙斯用一片乌云幻化为赫拉与他交合，结果生了肯陶洛斯人。宙斯罚他下地狱，绑在火轮上永远旋转。

工厂手工工场以及作坊
裸体的工人就像我们的手指
每小时生产出一定数量
生产出来的我们全给你

里昂应声说富维埃尔[①]的天使
用祈祷的丝织出一片新天

罗讷河与索恩河啊我的嘴唇
轻吐的圣言可供你巴黎解饮
对它死而复生总是那么崇拜
导致这里圣徒分歧并下血雨
喜雨啊痛苦啊这湿润的雨滴
一个孩子观看一扇扇窗打开
望见向醉鸟伸出一串串脑袋

于是南方各城市也齐声回答

高贵的巴黎唯一存活的理性
以你的命运确定我们的心情

① 富维埃尔，里昂城的山丘，俯临罗讷河，山上有高卢—罗马时期的文明古迹。

而地中海哟你正在步步退出
如分圣体饼瓜分我们的躯体
这种崇高的爱及其孤儿之舞
将酿成你喜爱的醇酒啊巴黎

从西西里持续传来的喘息声
表明这些话语纷纷鼓翼飞行

我们园中的葡萄人们已收获
这些死者一串串椭圆的颗粒
有一股盐味道和大地的血腥
这正是为你解除焦渴啊巴黎
爱抚你阴霾上空诡谲的乌云
是那代行的创世者伊克西翁
非洲所有乌鸦在云海间出生
葡萄啊而且这些黯然的眼睛
未来和生活在家藤架上烦闷

美人鱼明亮的目光今又何在
从前骗过那些鸟喜爱的水手
如今不再往希拉礁岩上徘徊
礁岩曾流转三个曼妙的歌喉

海峡啊陡然改变了姿容
那一切波涛肉体的面孔
人们尽可以发挥想象力
你们只是假面上的面具
游泳的小伙子在两岸间微笑
而溺水者在新生波浪上浮漂
跟随他要逃避那哀怨的歌声
那些歌女则辞别深渊和暗礁
辞别躺在梯岸上惨白的夫君
然后她们追随烈日飞上云霄
又去追随星辰一道没入浪涛

当处处眼睛圆睁的黑夜重来
到去年九头蛇嘶鸣之地徘徊
我忽然听见你这威严的声音
罗马啊
一并诅咒我的旧思想和苍穹
而天地间正是爱引导着命运
十字架树上重又萌发的茂叶
甚至在梵蒂冈凋谢的百合花
全在我奉献给你的酒中浸泡
对了解另类植物式自由的人

这酒有一股十足的血腥味道
殊不知那自由乃是高德极品

各阶层人穿着便鞋脚踏石板
踩烂一顶失落的教皇三重冠
民主的光辉啊已逐渐褪色彩
屠杀动物的王猎之夜快到来
杀掉母狼与羊羔老鹰与白鸽
一大群为敌的国王十分残酷
在永恒的葡萄园似你般焦渴
将从地下钻出来到空中游荡
要喝我这贮藏两千年的陈酿

摩泽尔河与莱茵河静静汇流
而欧洲在科布伦茨[①]日夜祈祷
我在欧特伊河滨大道上逗留
时辰有时就像葡萄叶往下掉
现在正是时候我在那里倾听
汇入这些河清流的祈祷之声

① 科布伦茨，德国城市。

巴黎啊你这地方的酒更醇美
要胜过在我们岸边酿制的酒
但北方葡萄已熟可供你酷醉
我的壮汉由压榨机压出血流
你将豪饮全欧洲流出的鲜血
只因唯独你高贵你艳丽妖冶
因为上帝可能化作你的身形
这些漂亮的房舍啊黑白分明
夜晚灯火映在我们两条河中
屋里我的葡萄园工全不认识
你的真面目却歌颂你的光荣
而我们为祈祷苍白的手合十
要将乱流的水引向盐的海洋
城市在我们之间像切入刀剪
睡眠时水中无一点灯火映现
而那双流水悠远的长鸣往往
能惊动梦中的科布伦茨姑娘

现在城市成百成百地回答
我已分不清它们遥远的话

特里尔[1]古城
也汇入其声
整个宇宙浓缩在这杯酒中
这酒包容海洋动物和植物
包容城市命运和歌唱的星
驯服的剑我们的好伙伴
人们长跪在天河的岸边

热爱火就如同珍爱自我
死去的傲者我看都是同一个
闪现的雷电如同萌生的意念
所有姓名六六排列一一数完
成斤的纸张翻卷像熊熊烈焰
还有这些能漂白我们的枯骨
这些久耐寂寞的不朽的诗篇
多少布列成战阵的大军
多少受难十字架的森林
还有我在我深爱的女子
眼睛的湖边建造的居所
还有大声疾呼的花朵

---

① 特里尔，德国城市，有罗马时期古迹。

我所讲不出来的一切
我永远也不会了解的一切
这一切这一切酿成这醇酒
巴黎欲饮的酒
让我一醉方休

行动好天深沉的睡眠
繁殖交配永恒的乐章
骚动崇拜神圣的忧伤
汇聚你们而像我们的大千世界
我把你们全喝下去也没有解渴

不过我也品尝了宇宙的滋味

我喝下了全宇宙酩酊大醉
醉卧码头看见睡船和流水

听我说我是巴黎的喉头
如果高兴我还要喝宇宙

听听我这宇宙酗酒之歌

且说九月的良宵慢慢地度过
桥上的红灯在塞纳河中熄灭
而星斗已隐没天边初现曙色

动物寓言集

动物寓言集[1]

——俄耳甫斯的扈从[2]

诗赠埃莱米尔·布尔日

俄耳甫斯

请激赏这线条的
非凡力量和威仪：
它是阳光[3]让人听到的声音，

①《动物寓言集》共三十首，发表于1911年，由拉乌尔·杜菲配木版画插图。除了诗剧《卡萨诺瓦》，这是唯一保留标点符号的组诗。诗人原注部分译出。

② 俄耳甫斯的扈从，指动物。色雷斯的诗人和歌手，善弹竖琴，能让百兽拜伏。

③ 诗中线条指插图，而在诗人看来，画纯粹是一种阳光的话语。

三倍伟大的赫耳墨斯[①]也在谈论。

乌　龟

来自有魔法的色雷斯，摄人心魄！
我的娴熟手指拨响了竖琴。
动物都进入我的歌
进入我这乌龟壳[②]的声音。

马

我这顽强而真切的梦想能驾驭你，

① 赫耳墨斯，希腊神话中掌管商业等方面的神，他发明竖琴，赠给俄耳甫斯。

② 乌龟壳，俄耳甫斯所弹的竖琴，音箱是由乌龟壳做成的，琴弦是用母羊肠子制作的。

我在金车上的命运是你英俊的车夫[1]
这车夫疯狂拉紧的缰绳
就是我的诗行，一切诗歌的宝珠。

忒拜的山羊

这只羊的毛，即或是

伊阿宋费尽千辛万苦

① 头一个跨上（飞马）珀伽索斯的是柏勒洛丰，他去袭击（喷火怪兽）喀迈拉。今天还存在许多喀迈拉（在法文中意思引申为异想天开），在同其中最敌视诗歌的一个搏斗之前，最好给珀伽索斯配上笼头，甚至套上车。大家明白我要说的意思。——原注。括号部分为译者所加。

前去寻觅的金羊毛[①]
比我爱的秀发也一钱不值。

蛇

你猛烈地袭击美丽。
哪些女人曾受到你
残忍的迫害！夏娃、
克莱奥帕特拉、欧律狄刻[②]
我还认识三四个。

① 金羊毛，据希腊神话传说，忒萨利亚王子伊阿宋在父王死后，被迫逃到喀戎，二十年后回国，要求叔父归还王位。叔父提出条件，要他去喀尔科斯取回金羊毛。于是伊阿宋造了大船，率众英雄出海觅取金羊毛，经过艰难险阻，在喀尔科斯公主公美狄亚的帮助下，终于获取了金羊毛。

② 欧律狄刻，俄耳甫斯的妻子。

猫

但愿在我的家中：
有一个很理智的女人、
一只在书堆走动的猫咪、
一年四季都来访的朋友，
没有他们我无法生活。

狮　子

狮子啊，不幸的形象，
象征凄惨下台的国王；
现在你只能在汉堡城；
在德国人的笼子里出生。

野　兔

不要那么胆怯和淫荡，
不要爱恋像野兔那样。

必须让你的大脑始终处于
雌兔那样旺盛的生育[1]

① 雌野兔有可能不到日期又复孕。——原注

家　兔

我认识另一个小笨蛋，
真想把它生擒活捉。
它住在百里香花中间，
在唐德尔[①]那地方的山谷。

单 峰 驼

唐·佩德罗·达尔法贝拉
带着四头单峰驼出发，

① 唐德尔，指唐德尔山脉，在瑞士境内。

去周游世界并赞叹不已①。
我也很想照他那样做，
只要我有四头单峰驼。

① 这是一部著名的游记，讲述葡萄牙王子唐·佩德罗·达尔法贝拉带领十二名随从，启程去游历世界七地。这些旅行者分乘四匹单峰驼，先经过西班牙去挪威，再到巴比伦和圣地。葡萄牙王子还参观了约翰神甫的国度，历时三年零四个月，才返回本国。——原注

老　鼠

好时光啊，岁月的老鼠，
你们逐渐啮噬我的生活，
上帝啊！我快到二十八岁，
不能称心如意，活得很累。

大　象

正如象牙对于一头大象，
我口中也有一颗很宝贵。
尊贵的死者！……我买下荣光
付出了美妙和谐的语汇。

俄耳甫斯

瞧这令人厌恶的一群，
有千只足、百只眼睛：
有轮虫、蛆虫、昆虫以及
微生物，比起玫瑰园宫[1]
比起世界七大奇观，
还要神奇，令人赞叹！

---

① 玫瑰园宫，是英国国王爱他情妇的明证，关于玫瑰园宫，在一支悲歌中有这样一节，但悲歌作者我不知其详：

为让玫瑰园免遭
王后的仇怨，
国王就命人建造
前所未见的一座宫殿。

毛　　虫

劳动通向财富
可怜的诗人，干起来！

毛虫一直不辞劳苦，
才变成富有的蝴蝶。

苍　　蝇

我们的苍蝇会唱歌，
是在挪威上的课，

教歌的挪威苍蝇，
正是白雪的神灵[①]

跳蚤

跳蚤，朋友，甚至情人，
爱我们的人有多残忍！
我们的血要为他们流尽，
深受爱的人就这么不幸。

蝗虫

这细小的蝗虫，

① 不是所有苍蝇都呈雪团状，但是许多都受芬兰或拉普兰（斯堪的纳维亚半岛北部地区名称）巫师的驯化，因而服从他们。那些巫师父子相传，将它们藏匿在匣子里保存，无人得见，但是它们随时会成群飞出来，搅扰盗贼，歌唱着咒语，这样它们本身也就永生了。——原注。括号中注为译者所加。

正是圣约翰的食品[①]
但愿我的诗篇
成为精英们的美餐。

俄耳甫斯

愿我心为鱼饵，天空为鱼塘！
罪人啊，何种淡水鱼或海鱼
论其形状和美味能够比得上

① 圣约翰的食品，圣约翰捉蝗虫为食，事见《马可福音》第一章第六节。

这条美丽的神鱼，耶稣我的救世主[①]？

海　　豚

海豚，你们嬉戏于海的碧波
然而浪涛又始终那么苦涩。
我的快乐有时会迸发出来？
生活依然是一片苦海。

章　　鱼

将锚抛向苍天，

① 法文中“美味”la saveur 和“救世主”le Sauveur，仅一个字母之差。诗人将两词置于三、四句结尾押韵，取其音意之妙，而译文难以再现。

吮吸心爱之物的血，
感到其味香甜，
这非人怪物，正是我。

水　母

不幸的脑袋，美杜莎[1]
披散着紫色的长发，

① 美杜莎，水母一词 la meduse，在希腊神话中译为美杜莎（或墨杜莎），原是美女，因触怒雅典娜，被变成蛇发怪物，形容可怖，谁看她一眼就会变成石头。后来，英雄珀耳修斯将她杀死，割其头献给雅典娜当头饰。

你们爱置身于惊涛骇浪，
我也像你们在风暴中闯荡。

螯　　虾

我的乐事啊，游移不定
你们和我，我们前行，
却是倒退着，倒退着
像螯虾那样行进。

鲤　鱼

在养鱼塘，在水塘，
鲤鱼啊，你们寿命多长！
黯然神伤的鱼种哟，
难道死神将你们遗忘？

俄耳甫斯

翠鸟的雌性，爱情，
飞行的美人鱼，
善唱致命的歌曲，
危险而又无人性[①]。
你们要做天使才好，
不要当这种可恨的鸟。

① 航海者听见雌翠鸟鸣唱，就会把性命置之度外，不过大约12月中旬则是例外，那些鸟忙于筑巢，大海就给人以平静的感觉。至于爱情和美人鱼，这些奇妙的鸟鸣唱起来，极其婉转动听。聆听这种音乐而销魂，也完全值得。

美　人　鱼

美人鱼，你们的忧戚从何而来，

为什么夜夜要在大海上悲咽？
我也充满凶险之声像你哟大海，
而我这些吟唱的船则称为岁月。

鸽　　子

鸽子、爱和灵，
你们孕育了耶稣——基督，

我也爱上一个玛利亚[①]
但愿我能跟她成个家。

孔　雀

长尾拖曳在地，
一旦把彩屏展开，

就显得更加美丽，
可是屁股却露出来。

① 玛利亚，诗人所指的玛利亚为玛利亚·洛朗辛小姐。画家卢梭曾给阿波利奈尔和洛朗辛小姐作了一幅画，题为《缪斯启迪诗人》，于1909年展出。

猫 头 鹰

我可怜的心，是只猫头鹰，
被人钉住，启开，又钉住。
它已经耗尽鲜血和热情。
所有爱我的人，我都敬慕。

白 鹮

对，我要走进土灰色阴影里，
确定无疑的死亡，但愿如此!
必死的拉丁语，讨厌的语言，
尼罗河畔的鸟儿啊，白鹮。

公　牛

这个小天使[1]在颂扬天堂

而只要仁慈的上帝允许[2]
我亲爱的朋友们，等来世
我们将生活在天使的身旁。

① 效忠于天上荣光的神品中，可以看到一些陌生的形体和惊人的美貌。小天使是长双翼的公牛，但形貌绝不怪异。——原注

② 致力于创作诗歌的人，别无追求，只爱由上帝本身体现的完美。这种上天的仁慈、这种最高的完美，怎么会遗弃那些把发现并歌颂它们作为终生目的的人呢？看来这是不可能的，而我也感到，诗人有权希望死后能获得永福，这是对上帝，即对最高的美的完全认知所提供的。——原注

爱而上唯生篇[①]

爱　死　在

爱死在你的怀抱中
你记否同她的际遇
你能使她死而复生
她还会来同你相聚
又是一个春天过去
我念春的柔情蜜意
别了去匆匆的季节
你再来时情深依旧

① 这组诗共六首，题目可能受卢梭的座右铭 Vitam impendere vero（生惟尚）的启发，同朋友画家安德烈·鲁维尔合作，于1917年发表。1954年收入《烧酒集》中。这是阿波利奈尔所作的最纯粹的组诗之一。

凋残的暮色

一片衰败凋残的暮色
好几种爱在相互磕碰
你被锁住的记忆横卧
远离我们倒退的身影

这双手啊被记忆锁住
灼热得像燃烧的火堆
最后的黑凤凰来光顾
至美之物到火上栖息

锁链一环一环地损坏
你的记忆还嘲笑我们
你听见它讪笑又逃开
我又跪到你脚下叩问

你没有窥见

你没有窥见我的秘密
人们的队列已经向前
而我们却未达成默契

长留下来的唯有遗憾

那些假面成群地过去
而玫瑰花则顺水漂流
你恳求这沉重的秘密
就在我身上瑟瑟发抖

夜晚降临

夜晚降临到园子
她们就讲起故事
但是夜难免傲慢
将她们的黑发播散

小孩子哟小孩子
你们都展翅而飞
可是玫瑰你却抵抗
便丧失无敌的芬芳

就因为这是盗窃
花羽和发辫的时刻
请汲取这喷泉的水

水池的情人就是玫瑰

你　步　下

你步下极清澈的水流
我在你眼中溺水命已休
士兵走过而她俯下身去
再回头折了一根树枝

你在夜的波浪上漂转
火焰就是我的心倒悬
颜色正如这梳子的玳瑁
在你沐浴的清流中映照

遭遗弃的青春

我的遭遗弃的青春哟
恰如凋谢的一个花环
真到了这唯有轻蔑

唯有怀疑的季节
景物似由画幅构成
开花的树缀满了星
树下流淌一条假血河
一个小丑是孤行客

映现浮尘是冷光弄影
照见你的脸和背景
一声枪响又一声喊叫
昏暗中一幅肖像在窃笑

镜框的玻璃已经打碎
一支曲调还难以辨识
在音韵和思想间徘徊
在未来和回忆间游移

我的遭遗弃的青春哟
恰如凋谢的一个花环
真到了这唯有轻蔑
唯有理智的季节

图画诗集

锁　链

喊声编织的绳索

回荡欧洲的钟声
悬吊的世纪

捆绑各民族的铁轨
唯独我们三两人
没有戴着锁链
应当携手相伴

暴雨梳理着炊烟
绳索
编织的绳索
海底电缆
巴别塔化作桥梁
蜘蛛群一教职天桥

所有恋人锁着一条链
还有纤细的锁链
白色的光束
绳索和谐绳广场[①]

我写这些只为激励
感官哟亲爱的感官
回忆之敌
欲念之敌

遗憾之敌
珠泪之敌
我尚爱恋的一切之敌

① 这句诗原文 Cordes et Gonorde 有谐音借意之趣，直译应为“绳索与谐和广场”。

窗　户

从红色到绿色　黄灯全熄灭
此时家乡森林里大鹦鹉高歌
一群比翼鸟
只有一首诗好作　写只剩一只翅膀的鸟
我们要寄出去便是电话鸿书
巨大的创伤
让眼泪流淌
那群都灵少女中间一位美丽的姑娘
用白领带擤鼻涕哟可怜的小青年
你要撩起窗帘
而现在正推开窗户
编织光线的手真像蜘蛛
苍白美深不可测的淡紫色
我们要休息也是徒然
眼看就要进入午夜
人有时间就有自由
滨螺江鳕无数太阳和落日海胆

窗前一双黄色旧皮鞋
一座座钟楼
钟楼就是街巷
一口口井
井就是广场
一口口井
空心树给卡普尔[1]流浪女避难
混血男人给逃亡的混血女人
唱着赴难的歌曲
鹅呱呱叫北方军号
那里捕鼠的猎手
正在刮着皮毛
钻石光亮闪闪
温哥华
那里因飞雪和夜光而发白的列车逃避冬天
噢巴黎
从红色到绿色　黄灯全熄灭
巴黎温哥华耶尔曼特农纽约和安的列斯
窗户打开好似一个橙子
光亮的美妙果实

---

① 卡普尔，法属安的列斯群岛上黑白混血人称卡普尔人。应指出，阿波利奈尔就是混血儿。

山　　丘

那天两架大飞机
一架黑色另一架火红
在巴黎的上空相搏击
而熊熊的烈焰烧苍穹
太阳飞机才是永恒

一架原本是我的青春
另外一架就是未来
两个对头相互拼命
就像大天使扇动彩翼
攻击撒旦那颗亮星

又像运算对付习题
又像黑夜与白天抗衡
又像我的爱情攻击
我的所爱犹如飓风

将呼号的树连根拔起

瞧啊到处都深情脉脉
巴黎宛如一个娇娃
初醒来一副倦慵之态
摆动那一头长长秀发
那美妙的歌声响起来

何处失落了我的青春
你看到未来在燃烧
要知道今天我说明
只为向全世界宣告
预言之术终于诞生

有些人是一座座小山
在人群中高高矗立
远眺未来的全部景观
清晰胜过恍若是现实
真切胜过恍若是过去

岁月和道路的装饰
通过也持续你不要停

我们让蛇咝咝叫去
它们奈何不了南风
耍蛇者和声波已然消失

岁月的命令假如机械
也终于开始了思想
那么覆盖宝石的滩头
就会拍碎金色的波浪
浪花飞沫仍然是母亲

人比雄鹰还要高翔
是人引发海洋的欢乐
也是人在空间扫荡
阴影和巨大的忧伤
只因神思同梦幻会合

如今即是魔法的时代
那时代复来可以期望
发生不可胜数的奇迹
无不超出意想之外
却没有一部神话问世

人的意识幽邃高深
明天应当致力于开垦
谁知道从这些渊薮里
能发掘出何等样人
以及多少完整的天地

一些先知现在已崛起
势如远方一座座青山
好比自诩的饱学之士
他们对事物能够了然
并携带我们畅游八极

欲望容含巨大的力量
过来让我亲你额头
你轻灵就跟火苗一样
火的痛楚你悉数全有
还有全部热情与光亮

年龄渐长就要钻研
领略痛苦的全部滋味
那与勇气毫不相干
甚至不是无所作为

我们怎么做终归枉然

还要探索人的内心
规模会远远超过以往
人的意志也要探询
不依赖手段和伎俩
意志能产生多大力量

乐于助人的亡灵游荡
纷纷渗透到我们中间
自从与我们会合的时光
就无起始也无终点
瞧瞧吧你手上的指环

荒漠十字路口的时光
广场和山峦的时光
我来这里转来转去
显示法力的一件法宝
死物比生命还微妙

世间万物一切又一切
我终于摆脱了一身轻

有的东西从无人触碰
我却触摸过也把玩过
就此死去我也无罪孽

别人想象不出的一切
我都已经细心地探测
甚至多次掂量又掂量
根本不可测量的生活
我可以含笑拥抱死亡

我常飞上云天盘旋
极高而告别世间万物
那些幽灵多么怪诞
从此我再也不愿钦慕
这个传布恐慌的青年

别了青春时光的茉莉
我呼吸了你的清香
在罗马一辆辆花车上
车上满载花冠面具
满载狂欢节的铃铛

别了青春白色的圣诞
那时生活纯粹一颗星
我观望那颗星的光芒
在地中海的航行中
那海面比流星还明亮

软绵绵像云彩的花环
又像大天使的洞穴
比那光晕还要耀眼
独一无二的温柔和谐
发射的光而无比灿烂

在炽热的一块草坪
我停下来想要观看
一条游荡的蛇正是我
本人成为我吹的长笛
以及惩罚别人的鞭子

一段时间经受苦难
一段时间感受善良
别了青春而这段时间
会了解未来的情况

预知未来也未必身亡

这个时期会特别豪放
随心所欲放纵意志
七年磨砺非同寻常
人将神化而更加圣洁
更加博学也更有生气

他会发现别的天地
精神像鲜花一样舒放
花落结出甜美的果实
在阳光灿烂的山冈上
我们将目睹果实成熟

我要讲述真实的生活
也唯独我能这样歌唱
我的歌如同麦粒撒落
你们都住口不要乱唱
不要将草籽掺进谷仓

一艘巨轮驶进了港湾
船上的彩旗迎风招展

我们却不见一个身影
只有一位被害的美人
横卧甲板上血迹斑斑

还有一回我去乞讨
人家只给我一点火苗
我连个谢字都不能说
只因我这嘴唇都烧焦
那把火什么也扑不灭

我的朋友啊你在哪里
多善于返回你的内心
唯留一个深渊在原地
投进去的正是我本人
直到无色无臭的幽深

于是我听见我的脚步
沿着无人穿行的小路
我听见我的脚步回来
不管缓慢还是急促
时时刻刻在那里徘徊

冬天你就留起了胡子
下雪了而我心绪郁结
我曾穿越灿烂的天空
天上生活是一首音乐
地面太白晃花我眼睛

你们要像我这样习惯
习惯我所宣告的奇迹
习惯将成主宰的和善
习惯我经受的痛苦
你们也就将了解未来

正是由痛苦与和善
这两者结合而为美
这种美更加卓越超凡
胜过由比例构成的美
下雪了我发烧我打战

现在我就伏着小桌
写出我的种种感觉
写出我在天上的歌唱
一棵树在风中婆娑

那头长发飘舞飞扬

在摆满水果的桌子上
放着一顶高筒礼帽
一双手套死在苹果旁
一位夫人扭动着脖颈
挨着吞咽的一位先生

旋舞在岁月的幽邃
我杀死了潇洒的指挥
现在给朋友们剥甜橙
橙子的味道十分鲜美
就像欣赏烟花的妙景

全都醉死而司厨长
给他们斟假的香槟酒
酒的泡沫犹如蜗牛
又好像诗人的大脑
同时一枝玫瑰在歌唱

奴隶举一把出鞘的剑
剑锋就像河流与喷泉

这把剑每次砍下去
一个宇宙肚腹就剖开
新世界就纷纷生出来

司机把握着方向盘
每回行驶到路转弯
按响喇叭才开过去
于是眼前就会出现
一望无际的新天地

三进数就是意中女人
她乘坐着电梯上升
上升再上升一时不停
与此同时阳光也舒展
辉光改变着她的容颜

这不过是一些小秘密
还有些奥秘更为高深
无须多久就将揭示
那奥秘将你化为百身
而思想却总保持一致

哭吧哭吧我们再哭吧
不管月盈到十分圆
也不管弯弯一钩镰
啊！哭吧我们再哭吧
阳光下我们也曾乐开花

黄金臂支撑着生活
你们要洞透金色秘密
一些无非是瞬间的火
由娇艳的玫瑰来装饰
从中散发沁人的芳泽

树

诗赠弗雷德里克·布泰

你同别人一起唱歌而唱机在奔驰
盲人在哪里他们去了哪里
我采摘唯一的叶子化为好几种幻景
不要把我丢在集市这群女人当中
伊斯法罕用蓝点缀玻璃做了一片天空
我同你们在里昂附近又踏上旅程

我没有忘记从前一个可可商贩的铃声
我事先就听见这伙伴尖溜溜的嗓音
他将陪你游览欧洲
同时还在美洲滞留

一个孩子
一头剥了皮的小牛吊在支架上
一个孩子
这沙地市郊围着东部内地这可怜城市

一名海关职员站在那里俨如天使
守着一个凄惨天堂的门限
而这癫狂的旅客在候车室就抢占头等车厢
夜鸾獾
和鼹鼠——阿里阿德涅[①]

我们在西伯利亚火车买了两排座位
我和旅伴珠宝商轮流睡觉
值夜者拿着子弹上膛的手枪也绝不掩饰

你同扮成男装的苗条女人游览莱比锡
聪明啊须知这才是一个聪明的女子
而且不要忘记传说
夜晚街区空荡无人阿胖达仙女[②]乘坐有轨电车
我上楼时看见一场追踪
电梯到每个楼层都要停

在石头之间

---

① 阿里阿德涅，是希腊神话中的人物，克里特王的女儿，她先是帮助希腊英雄忒修斯逃出迷宫，并同他去了纳克索斯岛（希腊最大的岛屿）。她遭到忒修斯遗弃之后，嫁给了酒神狄俄尼索斯。

② 阿胖达仙女，阿波利奈尔在儿时听到的意大利故事中的仙女。

在橱窗陈列的五花十色的服装之间
在炒栗子商贩的火炭之间
在鲁昂停泊的两艘挪威船之间
有你的形象

它在芬兰白桦树中间生长

这尊钢铸的漂亮黑人像

最大的感伤
就当你接到拉科鲁尼亚[1]寄来的明信片
风从西边刮来
角豆树的金属
一切比从前还要伤感
世间所有神仙正在老迈
全世界通过你的声音哀叹
而新人出现
三三复三三

① 拉科鲁尼亚，西班牙城市。

克里斯蒂娜街星期一

女门房之母和女门房一切放行
你若是个男子汉今晚就来陪伴我
只需一个人扶住大门
好让另一个攀缘而进

三盏煤气灯全点燃
老板娘患了肺炎
等你完了事咱们玩一局跳棋
一位乐队指挥嗓子疼
等你到突尼斯我就让你抽抽大麻

这好像在作诗押韵

一摞摞茶碟日历鲜花
我得弄来三百来法郎给我的房东
我宁可毁掉完美形象也不愿把钱给他

我将于二十七日二十点动身
六面镜子总在那里彼此打量
我认为我们越弄越混乱
亲爱的先生
您是个微不足道的人
这位太太的鼻子活似一条绦虫
路易丝忘了她的皮大衣
而我没有皮大衣也不冷
那个丹麦人抽着香烟看时间
一只黑猫穿过啤酒店

这种鸡蛋薄饼吃着真香
蓄水池的水流淌
衣裙黑得跟指甲一样
这根本不可能
您瞧先生
这是孔雀石戒指
地面撒满了木屑
看来是真的
掠发女招待已被一名书商劫走
也是我不大熟悉的一名记者
听着雅克我要跟你讲的非常重要

客货航运公司

他对我说先生您愿不愿看看我的铜版画
我只有一个小保姆

卢森堡咖啡馆午饭之后
有一次他在那儿介绍给我一位胖家伙
那人对我说
您听着很有趣
在士麦那[①]在那不勒斯在突尼斯
真见鬼上次我去中国
究竟到了何地
那是七八年前的事
礼遇往往取决于挂钟指的时刻
高五度

① 士麦那，土耳其城市古称，今为伊兹密尔。

算 命 种 种

我结识过几位算命女先生
萨尔马茹太太早年在澳洲学会用纸牌算命
她在那里还曾有过机会出席
一次精彩绝伦的人肉宴
这事她可不逢人便说
占卜未来她却一向算无遗策

一个用纸牌算命的塞雷女人有名无姓
　　　　　只称玛格甜特
　　　　　也同样手巧心灵
不过德鲁瓦太太最有灵气
　　　　　卦辞也最明确
她指出我的过去完全属实
给我的预言也在指定的日期一一应验
我还认识一位扶乩者
但是我不愿意让他询问我的影子
现在我还认识一个巫师

即挪威画家迪里克斯

打破的镜子掀翻的盐瓶或掉地的面包
但愿这些无形的神灵永不来打扰
眼下我不相信但不妨看看听听
要知道我也挺会看手纹
我不相信就只是旁观
　　如有可能听听也无妨

人人都是先知我亲爱的安德烈·比利
然而很久以来就总让人相信
他们根本没有前途他们天生是白痴
　　　　　　永远愚昧无知
他们只能认命甚至没有一个人
稍微想想他是否了解未来
这一切里并不存在宗教精神
在种种迷信和种种预测中
或者在统称的所有秘术中
　　　　　　也都不存在宗教精神
首先只是观察自然
以及解释自然的一种方法
认为自然非常合情合理

圣梅里教堂的乐师

我终于有权和不相识的人打招呼
他们从我面前走过并在远处扎堆
我目睹的种种情景感到十分陌生
而他们也怀着同样强烈的希望

无论尘寰还是别的星球我都不歌颂
我歌唱超越尘寰和其他星球之外
　　　　　　我自身的一切可能性
我歌唱游荡的快乐并为此殒命的欢欣

一九一三年五月二十一日
亡灵的艄公和致命的圣梅里妓女
当一个无眼无鼻无耳的男子
离开塞巴斯托而走进屠户欧布里街
一片光辉引来死尸偷运者和叮咬的蚊虫
数百万只苍蝇趋之若鹜
这个年轻人一头褐发脸蛋黄莓色

男人啊！阿里亚娜
他吹着长笛由乐曲指引着脚步
走到圣马尔丹街便站住
又吹起我编造并演唱的曲调
从四面八方来的女人
经过这里便停在他跟前
当圣梅里教堂的钟声突然敲响
乐师停止演奏并缓步走向
圣蒙—勒弗朗街口的水泉解饮
继而圣梅里教堂钟声止息
那陌生人重又吹起长笛
原路返回一直走到玻璃厂街
一大群妇女还紧随其后
她们一个个眼神痴狂
纷纷冲出家门穿街过巷
双手伸向奏出仙乐的诱惑者
然而他都无动于衷吹着乐曲扬长而去
他扬长而去那么不近人情

再说别的地方
一班火车几点钟开往巴黎
在这时刻

马鲁古[1]的鸽子排出肉豆蔻
与此同时
博马[2]天主教使团如何处置了雕刻家

别的地方
她穿过连接波恩和博伊尔的一座桥梁
继而消失在皮茨岑中

在同一时刻
一个少女爱上了市长

在另一个街区
诗人要同化妆品的牌子竞争

欢笑的人啊归根结底你们从芸芸众生
　　　　　　没有捞到多少东西
你们只从他们的穷困上刮点油星
我们啊天各一方正苟延残喘
伸出我们的手臂吧在一长列货车
　　　　　　行驶的铁道上方

① 马鲁古，印度尼西亚地区。
② 博马，扎伊尔和安哥拉都有此名城市。

在出租马车的车厢里你坐在我身边哭泣

而现在
你也像我啦也像我啦真可惜

我们彼此相像如同上个世纪的建筑
这些高耸的烟囱像一座座钟楼
现在我们步步登高再也不沾地面

然而人世在生存在改变

女人的队列长如没有面包的一日
在玻璃厂街追随那位幸运的乐师

队列哟队列
如同从前国王摆驾万塞讷宫
如同外国使节到巴黎上任
如同干瘦的絮热[1]匆匆走向塞纳河
如同圣梅里教堂周围的骚动平息

① 絮热，1081—1151，法国建筑师和政治家。

队列哟队列
女人熙熙攘攘数不胜数
挤满了附近每一条街巷
她们为了追随乐师
脚步飞快像射出的子弹
啊！阿里亚娜还有你帕凯特你阿米娜
还有你米雅有你西蒙娜有你玛维丝
有你科莱特还有你美丽的热内维耶芙
她们踏着音乐节拍步履又敏捷又轻盈
浑身不停地颤抖而又追慕虚荣
由这田园音乐指引
她们那贪婪的耳聪

那陌生人走到一幢出售的房前略停片刻
房子建于十六世纪
玻璃窗破碎
已久无人居
庭院改为送货车场
乐师就是走进那庭院
他的乐曲逐渐舒缓而悠远
那些女人跟随走进遗弃的房舍
所有女人蜂拥而入

所有女人所有女人进去并不回头
也并不痛惜她们所丢下的
她们所遗弃的东西
也不留恋岁月生活和记忆
不久玻璃厂街便空空荡荡
只剩下我本人和圣梅里的一位教士
我们也走进那老房
却没有发现一个人的踪迹

时已暮晚
圣梅里教堂敲响三经钟
队列哟队列
如同王驾从万塞讷宫返回
过来一帮帽子商贩
过来一帮香蕉商贩
过来一群共和国卫队士兵
黑夜啊
那些女人一副副无精打采的眼神
黑夜啊
你哟我的痛苦和徒然的希冀
我听见悠远的笛声渐渐止息

塔

诗赠 R. D.

向北方向南方
向天顶向天底
东方的呼喊
西方涌起的海洋
这座转轮塔
向各处探望

云中幽灵

由于是七月十四日的前一天
将近下午四点
我出门去看街头表演

露天搞杂耍的这种艺人
在巴黎已开始少见
我小时可比今天多得多
他们几乎全去了外省
在圣日耳曼—德普雷和丹东雕像之间
　　　　　　一座小广场上
我遇见了街头艺人

围观的人都静静地等待
我挤进观众圈里好能看见每场表演
举的重量大得惊人

隆维[1]的一名俄罗斯工人挺直手臂
黑色哑铃而中空以凝固河流为杠杆
手指卷出一枝像生活那样
又苦涩又美味的香烟
许多地毯铺在那里肮脏不堪
地毯尽是皱褶也无人抚平
地毯几乎变成土灰色
有一些坚持不褪的绿斑和黄斑
宛如追逐您的一支乐曲

您瞧那个又瘦又野的人物
他父辈的骨灰化为他长出的花白胡须
他的全部遗传就这样挂在脸上
他仿佛梦想着未来
机械地转动着手摇风琴
琴声如诉发出哀婉之音
咕噜咕噜走调嘶哑地呻吟

杂耍艺人还不动弹
年纪最老的那人穿的紧身衣颜色紫红

① 隆维，法国城市。

就像不久人世的一些少女的脸蛋

那种玫瑰红尤其藏匿在嘴角
　　往往形成的两道纹中
或者鼻孔附近
那是包藏背叛的一种玫瑰红

他身上的衣着
正是他那两叶肺的丑隔色调

手骨手臂到处护着场图
第二个杂要艺人
仅仅穿著他的身影
我瞧了他好半天
根本看不见他的脸
那是个没有脑袋的人

最后还有一个像个流氓
一副又油滑又无耻的无赖模样
他穿着带搭钩的鞋子和灯笼裤
不是特别像一个杈杆在洗漱

音乐停止而同观众的对话开始
大家一个铜子一个铜子扔到地毯上
　　要凑足两法郎五十生丁
而不是那老头原定的每场
要收三法郎的演出费用

等到显而易见再也不会有人出钱
他们才决定开场表演
于是从手摇风琴下面钻出一个
　　身穿肺叶红衣衫的小小演员
手腕和脚脖还套着皮毛圈
他张开手掌和手臂
乖巧地向观众施礼

他一条腿撤在后边准备屈膝
朝四个方位做了个罗圈揖
接着他跳上大球踏着行走
那瘦小的身躯变成一支十分美妙的乐曲
　　　　　观众没有一个不动容
一个不通人事的小精灵
每人都这么想
而这种形体的音乐

毁了手摇风琴的乐章
而那摇琴的人一脸祖先相

那小小演员又侧翻起筋斗
动作姿势极为和谐
结果手摇风琴停止了演奏
而那演者双手捂住了脸
那手指活似他那命运的后代
从胡须里产出来的极小胚胎
印第安人新的呼喊
树木的仙乐天籁
那孩子不见踪影
其他艺人举起大杠铃
他们还抛铁球表演手技

然而观众每人都在自身寻找
　　　　　那神奇的孩子
世纪哟云端的世纪

在　尼　姆[1]

诗赠埃米尔·莱奥纳尔

在最晴朗的天空下我加入
胜利番号的“尼斯海运队伍”

我混在九百陌生的车夫当中
成为尼姆炮兵部队的运输兵

爱神说留在这儿而那边大炮
多么热烈而不断地亲吻目标

我等待春天发话让这无畏的
新兵前往光荣的北方阵地

三名副炮手坐着额头轻摇
那明眸像我这马刺一般闪耀

① 尼姆，法国南方城市。

一天晴朗的下午在马厩站岗
我听见炮兵部队的军号吹响

我十分赞赏这支分队的欢喜
它赴前线要同我们炮团会师

国土卫队员吃着一份沙拉
谈起生病的妻子对鳀鱼说话

四名瞄准手在固定水准仪
水准仪气泡像马眼似的游移

好歌手吉博九点后给我们俩
唱段歌剧而你听着泪如雨下

我用手抚摸这门灰色的小炮
灰色如塞纳河水我想念巴黎

这个脸苍白的伤员曾在食堂
对我讲夜空炮弹璀璨的银光
我慢慢地咀嚼我这份牛肉
从晚五点到九点我独自转悠

我套上马我们去战场侦察
远远问候你哟马涅楼玫瑰花

不 眠 夜

鲁维尔我亲爱的安德烈
总折腾蘑菇状鼻烟盒
不知道什么时候出发
究竟什么时候才回家

马尔斯满脸希望之色
回到法兰西水星杂志社[①]
我寄走了稿件
写在方格纸上的诗篇
我在大路旁守夜听见拉着炮车的高头大马
　　在大道上奔驰而过
一件像天空一样铅笔灰色的军装大衣
　　裹住我直到耳朵
　　　　多么

① 马尔斯是罗马神话中的战神，而法兰西水星（杂志）又可译为“法兰西墨丘利”，墨丘利是罗马神话中的商业神，是众神的使者。阿波利奈尔的一些诗篇曾在该杂志上发表。

凄清的
天空
行迹
洒着
淡淡的
笑容
含笑的月亮望着我写下吟咏

阴　　影

你们哟重又回到我身边
我那些阵亡战友的记忆
时间的橄榄
种种记忆现在合而为一
犹如百张皮只做成一件大衣
又如这数千伤亡只化作一篇
　　报纸上的文章
难以捕捉的幽冥的表象
早已采取我这阴影的变幻之形
一个潜伏的印度人持续永恒
你们哟匍匐在我身边的阴影
可是你们再也听不见我的声音
你们再也不能欣赏我吟咏的神圣诗篇
而我却还能听见你们看见你们
命运
多重的阴影你们由太阳保存

你们相当爱我而永远不愿离开

阴影太阳的墨迹

我的灵光的文字

追惜的储存箱

一个谦卑的神祇

别人叫她璐[①]

狼也各不相同
我认识的最无人性
我的心让魔鬼捉走
放在她的门口
无非玩物到她手中

从前狼都很忠诚
如同家养的小狗
爱上美人的士兵
想起她们无限深情
就像狼那样温柔

可是如今世道变糟
狼都变成了老虎

① 璐，是诗人所爱的女子，在法文璐 Lou 与狼 loup 同音，故诗中由璐及狼，而汉译则不通，只能加此注说明。

还有士兵和王朝
君主们变成了妖物
跟维纳斯一样残暴

鲁维尔哟我死了心
跨上我的高头大马
不久就向战场进发
目光严厉而毫无怜悯
就像从前那些军人

埃皮纳尔[①]的集市上
出售从前的军人像
乔然木刻的英俊战士
今在哪里战争在哪里
从前的战争在何方

① 埃皮纳尔，法国城市名，位于巴黎东部三百七十三公里。

感　激

诗赠P…小姐[①]

天边门限暮霭沉沉
桦树独立惨淡凄凄
瞄准角从心到灵魂
携同理智逃向天际

回忆的蓝色在奔驰
穿越你明眸的丁香

那无情无绪的炮击
将我的梦幻射到天上

① P…小姐，指帕杰斯小姐。

无 休 无 止

诗赠富尔——法维埃夫人

无休无止
我们要走得更远却从未向前

从一颗星球到另一颗星球
从一片星云到另一片星云
一千零三颗彗星的唐璜
甚至没有稍离大地
就要寻觅崭新的力量
还特别认真对待鬼魂

然而多少宇宙都被遗忘
真是天大的遗忘者
谁能使我们忘却
这一部分或那一部分世界
克里斯托夫·哥伦布今在何处
没有他世人还将无视一个大陆

丧失
然而只有真正地丧失
才能留出空位好去获取
丧失
生命好能赢得胜利

佳　　节

诗赠安德烈·鲁维尔

钢铁制造的烟火
这种闪亮有多么绮丽
　放烟火人的绝活
勇敢中掺进了几分雅意

两颗炮弹空中炸
玫瑰红色大开花
宛如解开怀的一对乳峰
傲然挺出多么潇洒
他是情种
　　　妙哉墓志铭

一位诗人独步幽林
他心不在焉地面对着
　带保险的手枪出神
玫瑰花为希望而凋零

正自思念萨阿迪的玫瑰
他的头忽然朝前探
一朵玫瑰又向他描绘
那一臀部软绵绵的弧线

空气中弥漫着烈酒味
从半闭合的星间渗滤出
炮弹爱抚着夜的芳菲
而你在这软香中休憩
　　玫瑰花的玉碎

四　季

那是幸福的时光我们在海滩
你一早就去光着脚也不戴帽子
要像癞蛤蟆探舌头快点快点
爱情伤人心不管疯狂还是理智

奔驰的居伊你可认识
在他当兵的时期
奔驰的居伊你可认识
在他当了炮兵时
上了战场

那是幸福的时光当了辎重队长
坐军车比乘公共汽车还拥挤
而星星流过却是炮弹在效仿
当马拉炮队夜间突然到达阵地

奔驰的居伊你可认识
在他当兵的时期
奔驰的居伊你可认识
在他当了炮兵时
上了战场

那是幸福的时光白天晚上游荡
重磅炮弹的铝件留给圆木掩体
你就用那铝件显示一技之长
从早锉到晚要做成像样的戒指

奔驰的居伊你可认识
在他当兵的时期
奔驰的居伊你可认识
在他当了炮兵时
上了战场

那是幸福的时光战事继续繁忙
副炮手锉着戒指几个月不停止
运输兵躲进树林中倾听歌唱
听一颗陌生的星反复唱的歌曲

奔驰的居伊你可认识
在他当兵的时期
奔驰的居伊你可认识
在他当了炮兵时
上了战场

一九一五年四月之夜

诗赠 L . 德 · C. - C.

德军炮火给天空撒满了繁星
我寄居的美妙森林举行舞会
机枪奏出三十二音符的乐声
你们可知这个词
　　　　　　　对！命定之词[1]
丢下铁镐快去枪洞快去枪洞

一颗狂乱的星寻觅它的季节
开花弹心哟你吹奏出罗曼司
你那上千颗太阳搬空了辎重车
而我眼睛之神又默默装满车子

生活我们爱你又让你哭笑不得

① 命定之词，指口令。

炮弹喵喵叫春[1]要玉殒的爱情
要逝去的爱比别种爱更加温柔
你的气息游在将干涸的血河中
炮弹嘶鸣
　　　　请听我们炮弹的歌喉
紫红的爱接受将死之人的致敬

湿漉漉的春天受照明灯的攻击
降雨降我的心灵降一些死眼睛
乌利西斯多少时日才返回故居
睡在草上吧做一个悔恨的美梦
这纯粹是刺激情欲的艺术效力
然而
　　管风琴
　　　　　由你睡的麦秸构成
奏出未来的颂歌妙似天上仙曲

① 德国七七型空炸炮弹外号为“叫春猫”。

流放的丽雅

去吧快去吧我的彩虹
速速离去吧迷人之色
这流放对你势在必行
披着变色纱巾的仙娥

彩虹终于流放到远方
既然放逐了绘虹之人
而一面旗帜高高飞扬
朔风中取代你的倩影

寻回的发髻

那淡褐色的环环美发
又打开他的记记之门
你是否还记得我们俩
难以置信的奇特命运

欧特伊和教堂林荫道
美丽的蒙马特尔街区
她喃喃说道我还记着
初登你家门的那一日

那就像秋天骤然降临
我记忆中的环环发髻
我们令你吃惊的命运
将会同要逝去的一天

鸽子的拒绝

天神报喜纯系谎言
圣婴诞生恰是受难
这种破天荒的弃绝
多么美妙而又温婉

如果鸽子因为拒绝
受的刀伤还涔涔流血
那我就剥光你的翅膀
谁让你是诗和思想

篝　火

露营的篝火飘举摇曳
照亮了朦胧的梦影
沿着错杂斑驳的树枝
梦魂慢悠悠地攀升

这便是对遗憾的鄙薄
这便是记忆和秘密
秘密还余下这炭火
遗憾却如草莓剥了皮

懊悔的石榴果籽[1]

难道石榴中有两粒
在哭泣你唯一的罪愆
石榴被人扔在这里
化作一个受精的卵
既然醉出一群公鸡
公主请听它们高唱鄙夷
既然在我们恐怖的园中
石榴是多么令人心动

① 这首诗影射诗人认为玛利亚·洛朗辛是最好的一幅画。

金 星 飞 舞

一名骑手驰骋在平原
年轻的姑娘无限思念
那边是米蒂利尼港口[1]
闪光的钢缆系着泊船

他们采撷火热的玫瑰
眼睛也纷纷绽开花蕾
游荡的嘴因曾对笑口
便像太阳般大放光辉

① 这里影射古代雅典战船要进攻米蒂利尼岛，后又宽恕了岛上起义的居民。

骑兵诀别

天啊！战争妙不可言
有欢歌和长时间悠闲
这只戒指我已经磨光
风也伴随你们的嗟叹

别了！认镫飞身上鞍
转过路口便倏然不见
去了就把命丢在战场
她便嘲笑命运的荒诞

霹 雳 宫

从白垩中坑道活口的一端观望
只见对面坑壁好似牛轧糖
空荡荡的潮湿坑道向左右两侧逃去
地下躺着工兵铲的面目狰狞的尸体
那两只合乎标准的眼
　　　　用来将铲固定在辎重车箱底
我急步向前而一只老鼠急步后退
坑道前头罩着插了树枝的白垩
那就像一个空壳的鬼魂
　　　　白光闪过便将所经之处掏空
举头看蓝色的房顶有几条直线
　　　　完全遮住了闭合的视觉
然而出口里侧便是显得古老的新宫殿
天棚是由铁道枕木造成
枕木之间则有白垩土块和一簇簇松针
小块白垩不时掉下仿佛老得掉渣儿

通口挂着一块通常用来打包的糙布帘
布帘旁边当作炉灶的洞中
　　　　燃烧的东西是像灵魂的火焰
火焰腾跳飞旋却摆脱不掉
　　　　它吞噬的东西而显得多么短暂
到处拉着铁丝权充横梁托住天花板
铁丝接头形成小钩能挂许多物品
一如存储在记忆里
有蓝色风笛蓝色头盔蓝色领带蓝色上衣
由最纯洁的记忆织成的一块块蓝天
而蓝天上还时而飘着白垩的薄云

地板上一只只发爆管闪闪发光
　　　　金黄的财宝顶头上了彩釉
有红色黑色和白色
这些杂技演员等待上场
眼下只是这座地宫的精巧装饰物
宫内六张床摆成马蹄铁形状
华丽的蓝床罩盖住六张床铺
宫殿上面有一个高高的白垩坟头
还有波纹状的薄铁片
这个理想领域的凝止的河流

但是没有水而只流淌麦宁炸药喷出的火
雷汞[1]的花园从倾斜的洞中喷出
多少口钟响起火红弹壳的轻柔之声
矮小优雅的杉树如同日本画上的风景
宫殿往往点一支蜡烛火苗像只小老鼠
微小的宫殿哟就好像望远镜大头观望你
小小宫殿里什么声音都变轻
小小宫殿里什么都不古老一切都崭新
一切都珍贵人人穿戴都跟国王一样
一副马鞍横跨在角落一只箱子上
地下乱丢当天的一份报纸
然而在这所新居一切又显得陈旧
能令人领悟尚古风
喜爱古董
从洞穴时期古人就有之
这里一切都十分珍贵一切又崭新
这里一切都十分珍贵一切又崭新
一件稍微陈旧或者用过的物品
比起手头上的东西
在这里就显得

① 雷汞，一种起爆的化学剂。

弥足珍贵

在这白晃晃而崭新的白垩中挖掘的地宫
这两级崭新的台阶
　　　　建成还不到两周
在这无须仿古就显得古老的宫中
　　　　就变得十分古老和陈旧
可见最简单最新的东西
也最接近所谓的古典美
而满身装饰的物品
需要老化而具有美才能称为古典
凡是新的正用的东西有了磨损
才化为高贵力量热情和灵魂
尤其是那种东西简单而又简单
简单得如同这座小小的霹雳宫

照　　片

你的微笑吸引我
吸引我如同花朵
照片啊你就是棕色的蘑菇
林中蘑菇
森林之美
点点银斑
正是月光
在静谧的花园
密布水网满是狂热的园丁
照片啊你就是热情的薰香
你的香气
热情之美
你正体现
种种情调
似慵似倦
你还奏出

一种旋律

照片啊你就是阴影

太阳之影

太阳之美

英 文 书 写

一件事微不足道又非常遥远
想起来就总要想得过分具体
那形影的界定
取决于蓝色的大海
以及列车行驶的隆隆声
取决于桉树海松
以及金合欢的香味

当然还有接触和味道

而那位旅行的娇小而敏捷的女郎
到马赛火车站脑袋突然探出车窗
便离去
殊不知
她留下的记忆日后会盘旋在
香槟省一小片树林上方

树林中一名士兵面对着篝火
透过有烧香气味的桦树皮青烟
正极力回想那倩影的一现
而一枝雪茄的青烟冉冉上升
正在书写最为销魂的姓名
这开开合合的游蛇结
也在书写动人的姓名[1]
每个字母都勾勒出漂亮的英文
可是这士兵绝不敢写全
双语的文字游戏势必引发
森林中这种春意的书法

① 动人的姓名，指玛德莱娜。

掩 蔽 所 里

我投向你啊仿佛你也投向我
发自我们的力量就是熔化我们的烈火
不过也有一种不容我们相见的抵牾
我面对的白垩墙壁已经变酥
出现了一道道缝隙
长长的切痕光滑的裂缝
　　　　　　好似硬脂块上的纹理
裂缝脱落的土块已被同寝室人的
　　　　　　　　　　脚步带出去
今天晚上我的心灵掘成深洞深不见底
又没有一点可以抓住的东西
坠落下去并在洞里生存的
是令我恶心又不知来自何处的丑陋形体
我确信那形体来自生活来自未来的生活
来自尚未施教化或者未赋予人性的
　　　　　　　　　　野蛮的未来生活

我这心灵巨大的空虚缺少一颗太阳
缺少可以照亮的光源
指的是今天今天晚上而不是永远
幸而仅仅是今天晚上
其他时日我就紧紧依恋你
其他时日我就想象你的美
在孤寂和惨境中聊以自慰
我要让你的美升华而超越迷醉的天宇
继而我又认为我的想象徒劳无益
我不认识它无论从哪种意义
甚至不落言诠
我对美的趣味也同样索然无绪
我的爱啊你是否存在
莫非你仅仅是我无意中创造的实体
以便填充我的孤寂
莫非你是一位仙女如同希腊人为减少
烦闷而创造出来的仙女
我崇拜你哟我的绝色天仙
即使你只存在于我的想象里

引　信

我的珍宝就是你颈项的黑发鬈
我的神思去会你并同你的神思相交错
你的乳房是我唯一喜爱的炮弹
你留下的记忆是定位灯为我们标出夜晚
看到我这匹马宽宽的臀
　　　　　　我就想起你的后腰身

那些步兵看着报纸开向后方

担架员的狗又回来嘴上叼根烟斗

一只灰林鸮褐色翅膀呆滞的眼睛
　　　　　　长着小猫的嘴脸和猫的腿

一只绿色小鼠在苔藓中穿行

大米饭在行军锅里烧糊
这意味许多事情都不能马虎

隐喻呼吁
延伸射击

延伸射击爱情哟你的大炮

重炮均衡地齐发
爱得疯狂的小天使
迎接战神打击的铙钹

小丘上一棵光秃秃的树

牵引车爬谷坡的突突声响

十九世纪的古老世界哟烟囱林立
　　　　　　　那么纯洁又那么美丽
大炮啊
我们世纪的阳刚
七十五毫米炮弹响亮的炮筒
虔诚地齐鸣

渴　　望

我的渴望就是我眼前的地域
德军防线的后方
我的渴望也是我的身后
过了这个军事区

我的渴望就是梅尼那个小山丘
我的渴望就是那边我炮击的目标
至于军事区那边我的渴望
今天我只想而不讲

你哟梅尼山丘我难以想象
敌军机枪的铁丝网坚不可摧
那地下设防已经埋葬

咔嗒咯啦声响渐渐远逝

窄轨铁路由于值班太晚

在黑夜里轻轻咳嗽
波浪形的铁皮房顶挨着雨淋
而我的钢盔也在雨中

听啊大地沸腾
看啊先见闪光后听见炮声
不知哪颗炮弹发疯地呼啸
还有哒哒哒急促而单调的枪声
　　　　　　　　令人恶心
我渴望
将你握在我的手中马西日之手[①]
在地图上显得多么瘦
我炮击歌德交通壕
尼采交通壕甚至也遭我炮击
毫无疑问我不尊重任何荣耀
狂暴之夜黑暗并紫红色
　　　　时而满天黄金
仅仅是男人之夜
九月二十日的夜晚
攻击就在明天

① 音译应为“曼·德·马西日”。“曼”，原词 main 与“手”同词，是一高地，形如张开的五指，位于马西日的北面。

狂暴之夜啊这夜深沉可怖的叫喊
每分每秒都变得更加强烈
夜叫喊如同一个女人在分娩
仅仅是男人之夜

香槟天际之歌①

诗赠约瑟夫·格拉尼埃先生②

这是治疣的大戟③粉红的乳头
这是隐身不见的士兵的鼻子
而我则歌唱看不见的天际
这些歌曲请市民和女士倾耳听
头一支抒情叙事曲唱的是受伤的担架兵

地面呈白色而天空此夜
流淌着耶稣受难的血
这时间福地的士兵
伤口也在流血涔涔

一只犬吠炮弹呼啸

---

① 这首诗的手稿于1915年10月27日寄给玛德莱娜。于1916年7月1日发表在《法兰西水星杂志》433号上。香槟地区位于巴黎东部，第一次世界大战，1915年、1917年、1918年法德两军在这一地区发生激战。有著名的无名烈士公墓。

② 约瑟夫·格拉尼埃先生，代理检察长，画家阿尔贝·格莱兹的朋友，曾多次帮助阿波利奈尔，尤其在卢浮宫文物失窃等案件中。

③ 大戟，一种植物，其汁可治疣。

喷出的光亮静悄悄
要知道战争逗不逗
反正掩蔽物没有发抖

掩蔽物后面一阵狂笑
此地永远一片雪白
鸽子已将头盔戴好
而且钢铁也飞了起来

在这战场上我独自一人
我是白色掩体绿色和橙红色树林
炮弹呼啸
我要将你杀掉
你们活跃起来军装镶黄边的步兵
大个子炮兵像鼹鼠一样棕红
玉蓝色赛似地中海海湾
海湾又像天鹅绒色调俱全
或者像其他兵种还有淡紫色天蓝色
或者褪了色
你们头顶瓦罐都过来
起来照明弹
跳舞吧投弹手摇着你的松果

三角形的瞄准器你们都瞄向火光
你们挖洞吧二十岁的孩子们全挖洞
　　再测量洞有多深
金黄色的飞机就像蜻蜓一样你们
　　　　　　　　　成群地起飞
我是天际我就像大孔雀似的开屏
你们听已经绝迹的神人重又诞生
　　又复活了大潘神[1]
香槟雄酒在激发香槟
男子汉全是小年轻
汽车大炮的变色龙
还有你们一六届[2]的新兵
袭来者爆炸或者在天空盛开白花
我很高兴但是这太刺眼睛
被俘的军官想要隐瞒姓名
受伤的布列塔尼人那眼神
　　　　　　　他躺在担架上
冲死者冲杉木冲大炮叫嚷
为我祈祷吧仁慈的上帝我是可怜的
　　　　　　　　　　　　皮埃尔

① 诗人巧用潘（Pan）和孔雀（Paon）的同音异体。
② 一六届，指1916年应征入伍的人。

交通壕和大炮的括噪
这海洋一片白色浪涛
禁欲的狂人同芝诺[1]一样
心的导航员你左摇右晃

几片小树林长着杉木
那窝雏鸟在等待喂食
兔子似的鼻尖纷纷露出
犹如治疣的那株大戟

同样像此地的大戟
太阳刚刚露了个头
这颗小小的秋日
我崇拜它赛过袄教徒

一名乳臭未干的步兵
军装蓝似流走的时日
美得像我这得意的心
他边戴上风帽边讲起

① 芝诺，称埃莱阿的芝诺，约前490—前430，希腊哲学家。

这个时期我们离开家乡
多少女孩长成漂亮姑娘
到了冬天她们的容颜
也要离她们越来越远

突然射击的火光哟
这种美令我想像
既然没有往事记忆
火光就是这美的源起

因为这种美无非是
激烈交战的火热
它是将可怖的火光
变成一位热情的缪斯

他久久地凝望着天际
战刀还有水桶
点燃的灯笼相互交织
我是天际将为胜利而斗争

我虽看不见却不可能消失
我就好比水波

好了请把闸门打开让我冲出去
并且冲倒一切

土地的海洋

诗赠德 G.·希里科

我在大洋中建造了一座房舍
窗户就是从我眼里流出的河
多少章鱼在围墙各处麇集
请听它们三重心的跳动
请听它们的吸盘撞击着玻璃
房舍潮湿
房舍火热
季节飞快
季节高歌
飞机不断地下蛋
要抛锚了注意看
请注意看要抛下铁锚
你们从天而降说来奇妙
天空的忍冬往上攀缘
大地的章鱼不断蠕动
而且我们有这么多啊这么多要当

自己的掘墓人

白垩波涛惨白的章鱼啊章鱼

多少惨白的嘴

在这房舍的周围有这片你熟悉

但永不歇息的汪洋大海

战 争 奇 观

多美啊这些照亮夜空的烟火
它们升到自己的顶峰然后
　　俯视观望
这些是跳舞的女郎她们的目光
　　就代替眼睛手臂和心脏

我认出了你的笑容与活泼的身影

这也是我的所有贝勒奈西[①]每天的荣耀
　　她们的长发已经变成彗星
这些头发双倍金黄的跳舞女郎属于
　　所有时代和所有种族
突然间她们分娩而她们的孩子
　　刚生下来就死去

---

① 贝勒奈西，约28—？，犹太公主。罗马皇帝狄托下令屠杀耶路撒冷的犹太人时（65年），她曾为犹太人求情。罗马皇帝狄托爱上她，带她去罗马（75年），同居一段时间，但迫于民众舆论，终未娶她。

多么美呀所有这些烟火
可是如果再多一些就会更美
如果有数百万那就会构成一个相对
　　完整的意义如同一部书的文字
不过这同样很美因为生命本身
　　就是脱出于垂死之人

然而如果再多一些就会更美
不过我也把它们看成一个
　　这种美一奉献便立刻消失
我就仿佛出席一次灯火如同白昼的
　　盛大宴会
这是大地为自己举行的一次宴席
她饿了并张开长长的惨白的嘴
大地饿了这是她的巴勒萨扎尔①式的
　　人肉宴
谁想得到嗜人肉居然到如此程度
必须燃起这么旺的火
　　才能烧烤人肉
因此空气中微微有一股烧焦的味道

① 巴勒萨扎尔，公元前6世纪巴比伦摄政王。公元前539年，波斯居鲁士大帝二世攻陷巴比伦，将他杀死。

　　说真的我并不觉得难闻
假如上天同大地同席共饮
　　那么这盛宴就会更加精美
上天仅仅吞喷灵魂
这是一种无须进食的方式
只满足于舞弄五光十色的烟火
然而我和我这连队沿着长长战壕的
　　全体官兵
　　都沉浸在这场战争的温馨中
火焰的叫喊不断地宣告我在现场
我流进自己挖的河床
　　分成千条小溪流向四面八方
我在前沿的战壕里同时又无所不在
　　或者说开始进入这种状态
正是我开始未来世纪的这种事情
这将需要更长的时间才能完成
　　不似神话中伊卡洛斯[①]的飞行

我把吉约姆·阿波利奈尔的故事

① 伊卡洛斯，希腊神话人物。他同父亲代达罗斯关在克里特的迷宫里，父子二人用羽毛和蜡制成双翼逃出，但伊卡洛斯忘记父亲嘱咐，飞近太阳，蜡翼融化，坠海身亡。

　　留给后世
他在战场又无所不在
在后方幸福的城市中
在世界的其余各地
在铁丝网里转不出来而送命的
　　那些男人中间
在女人中间在大炮在马匹中间
在天顶在天底在东西南北
　　四个方位的基点
也在这武装守夜独一无二的热情中

但有一种情况无疑会更美
如果我能够假设我无所不在的
　　所有这些人和事物
也同样能够关心我
然而这种情景根本就不存在
因为此刻我即使无所不在也仅仅
　　孑然一身顾影自怜

练　习

四名投弹手前往
后方的一座村庄
他们从头到脚
都是厚厚的尘土

他们眼望辽阔的平野
相互间讲述着过去
当炸弹咳嗽一声
他们也不大回身

四人全是一六届的兵
只谈往昔绝不提前程
就这样延续着禁欲
从而练习着默默死去

致意大利[①]

诗赠阿尔当戈·索菲西

爱情搅动了我的生活犹如战争
　　翻起作战区域的土地
我恰好成年时战争来临
而一九一五年八月的这天正是一年中
　　最炎热的日子
我稳稳躲进亲手挖掘的坟坑
我是在思念你哟意大利
　　我的思想的母亲

在冯·克卢克[②]进犯马恩河畔之前
　　向巴黎挺进时
我就已经提起德国人对罗马的洗劫

① 阿波利奈尔于1915年8月写成这首诗，寄给玛德莱娜。他在10月的一封信中写道："我仅仅收到《向意大利呼叫》的清样，它将刊登在佛罗伦萨10月的《呼声报》上。"

② 冯·克卢克，1864—1934，德国将军，指挥德第一军团，于1914年先在巴黎，后在马恩河畔被法军击败。

对罗马的洗劫早有描述
作者是西班牙人德利卡多副主教
　　一个波拿巴分子和阿雷蒂诺[1]
我不免想到
作为文明的母亲
这个民族怎么可能
坐视有人极力破坏
　　而不去保卫文明

继而时间到了坟墓全打开
始终激愤的奴隶们的幽灵
纷纷站起来高喊冲向德国佬
我们这支无形的军队
　　发出炫目的喊声
这喊声比蜜还要甜
　　比一把土还简单
我们从容地转身背对你哟意大利
但是不必担心我们热爱你
意大利母亲同时又是我们的闺女

① 阿雷蒂诺，1492—1556，意大利作家。

我们静静地待在那里并不伤悲
尽管有掩蔽物沙袋和圆木
　　假如我们还是倒下去
我们也知道另一个会接替
　　我们的位置
而且大军永远也不会被歼灭

一月一月并不长而白天黑夜也一样
是战争漫长

意大利哟
我们的母亲和我们的闺女
　　差不多像个姐妹
你我同样喝一杯红葡萄酒
　　就感到心满意足
这一杯酒显示我们与德国佬
　　有多大差异
我也像你一样给他们送去一队队
　　七五毫米的小山鹑
我同你一样没有德国佬那种
　　毫无乐趣的傲慢
　　我很会开玩笑

我也不像他们那样愁眉苦脸
　　那些人就会蛮干
　　根本不知道寻乐子
比起他们所使用的物品
　　我们的文明更精致
超越舒适生活的水平
也超越了技艺的表象
鲜花是我们的而不是他们的儿女
甚至百合花宁可死在梵蒂冈

平原一望无际而战壕一片白色
飞机在轰炸好似一群群蜜蜂
扑向临时怒放的玫瑰花
而夜空点缀着耀眼的花环
点缀着难以想象的小彩球

我们享受一切甚至我们的痛苦
我们心情好如果需要
　　就能热血沸腾
我们爱取笑因为我们知道
　　事情的轻重
投掷手榴弹的人比剥土豆皮的人

　　疯狂的劲头不见得多几分
你比我们稍微爱打手势

　　爱用响亮的词儿
你拥有伊特鲁里亚[①]的魅力
　　大无畏的精神
　　以及维护个人荣誉的勇气
我们有微笑我们能猜出话外之音
我们都很精明即使泄气的人
一有机会也能表现出
　　人称英勇的牺牲精神
而且我们大量吸烟特别来劲

现在是夜晚我在由电棒照亮的
　　掩蔽所里
我思念你哟有两座火山的国家
我缅怀墨西拿城毁的时候
　　死去的美人鱼和六头女妖[②]

---

① 伊特鲁里亚，伊特鲁里亚人于公元前8世纪末生活在意大利托斯卡纳地区，他们的文化保存在地下墓穴中，有精美的壁画和陶制的陪葬品。

② 六头女妖，墨西拿城位于墨西拿海峡，海峡岩礁上住着六头女妖，名叫斯库拉。墨西拿城在1908年地震中毁掉。

我向威尼斯骑马的科莱奥尼[①]致敬
我向红衫党人[②]致敬
我把我的友谊寄送给你哟意大利
　　并准备欢呼你的新兵的战功
倒不是因为我想象在这人世
　　还会有更大的幸福或不幸
而是因为我深知自己爱独自思考
　　可能会受到德国佬的打扰
而是因为我们双方都自然具有的
　　这种追求完美的情趣
　　假如顺其自然就可能很快被
　　一种我说不清用不上的舒适所代替
尤其因为我深知自己要选择
　　而他们要强迫我们不再选择
同一命运就这样将我们联结

我讲这话不是对着全体
而是对你的每一个啊意大利

① 科莱奥尼，1400—1457，意大利冒险家，曾分别帮助交战双方的威尼斯和米兰。他在威尼斯骑马的雕像，是意大利雕塑家画维罗奇奥（1435—1488）的作品。

② 红衫党人，19世纪意大利加里波第的拥护者。

你绝不要局限于收回失去的领土
要把你的命运放进
　　我们的命运所在的天平

放射光芒的反光镜
　　酷似蜗牛的眼睛
而炮弹落下来活像一条条
　　大便之后用爪子刨土的狗

我们隐蔽不见的军队
　　就是星光灿烂的夜空
而我们这里的每个人
　　就是一颗奇妙的明星

　　夜啊夜炫目的夜
　　死者同我们士兵在一起
　　死者伫立在战壕里
或者土遁溜向最心爱的人
啊里尔圣康坦拉昂莫伯日武济耶[①]
我们扔出我们的城市像投掷手榴弹

① 句中的里尔、圣康坦、拉昂、莫伯日、武济耶均为法国城市。

我们的河流高举如挥舞的刀剑
我们的高山也冲锋好似骑兵团

我们还将收复城市河流和山岭
从瑞士边境一直到巴塔弗[①]边境
　　在你意大利和我们之间
　　有我们尽剩下妇女的家园
　　我深爱的女子在你身边等待我
　　意大利兄弟们哟

　毒云的浪涛
把你们到处锈住的废钢烂铁
意大利兄弟哟你们头上插着羽毛
　　意大利
你听卢万[②]在高喊你看兰斯[③]在扼腕
还有阿拉斯[④]这个始终挺立的伤员

现在我们要歌颂牺牲的人

① 巴塔弗，在莱茵河口居住的日耳曼民族称巴塔弗人，他们建立的巴塔弗共和国，于1806年改为荷兰王国。

② 卢万，比利时城市旧称，今为勒芬。

③ 兰斯，法国城市。

④ 阿拉斯，法国城市。

所有活着的
军官们士兵们
老枪刺刀大炮引信螺旋桨
铁铲马匹
我们歌颂惨淡指环钢盔
歌颂那些牺牲者
歌颂烦闷得打呵欠的大地
唱起歌逗起乐
不管多少年月
意大利
你听德国驴在叫唤
我们要挥鞭作战
挥动阳光编织的鞭子
意大利
唱起歌逗起乐
不管多少年月

渡　海[1]

旺德尔港的漂亮航船
你的明眸就是船上水手
在帕洛斯[2]的那片海湾
微波粼粼显得多么轻柔

我的心灵有多少潜艇
为了去迎接她而航行
那只航船哟美妙绝伦
响彻你火热眼睛的歌声

---

① 这首诗受玛德莱娜讲述她从法国渡海到阿尔及利亚的旅行启发而作。诗人在寄这首短诗的信中写道："我万分喜欢你讲述的渡海。"

② 帕洛斯，西班牙西南部的地中海港口。哥伦布曾从那里起航并发现美洲。

有……

有一艘船载走了我的心上人
有六只系缚气球飘在半空等夜幕降临
　　它们就像蜕化出繁星的蛆虫
有一艘敌潜艇憎恨我的爱情
有上千棵小冷杉在我周围被炮弹摧毁
有一名步兵通过时被窒息瓦斯熏瞎眼睛
有我们在尼采歌德和科洛涅的战壕里
　　将一切剁得粉碎的壮举
有我期待的鱼书萦系我的梦魂
有我心爱的几张玉照放在我的证件夹中
有一队俘虏经过一个个惊魂未定
有一个炮兵阵地副炮手们忙着搬炮弹
有一名从孤树大道策马飞驰而来的
　　军邮士官
有一个密探据说他狡猾地在这一带盘桓
　　那身影披着天衣混同景物而不可见

有我的爱情如百合花亭亭玉立的半身像
有一名上尉焦急不安地等待大西洋上
　　发来的无线电传
有一些士兵要做棺材深更半夜锯木板
有许多女人在墨西哥高声祈求玉米
　　跪在血淋淋的基督圣像前
有斯特雷特姆海湾[①]特别温煦宜人
有一片墓地十字架林立距此五公里远
有零星散布的十字架随处可见
有生长在阿尔及利亚的仙人掌上
　　结出的果实
有我的情爱那灵活而纤长的手掌
有一个没有发射的十五毫米火炮筒
　　被我改成了墨水瓶
有我的鞍鞯任由雨水浇淋
有一条条不能回水逆淌的河流
有这爱情温柔地牵萦着我的身心
有一名还背着机枪的被俘的德国士兵
有一些男子汉生活在世间从未打过仗
有一些印度人惊奇地注视着西方战争

① 斯特雷特姆海湾，隶属英国。

他们想到西方人心中不禁凄然
　　思忖能否再同他们见面
只因在这场战争中已经把无形的艺术
　　推到很远很远

奸　　细①

爱神的苍白的奸细
我的记忆也不甚忠诚
察看这美丽的要塞
每天只用一个时辰
你可随意
　　　　乔装打扮
记忆哟探心的奸细
伤恐难再神机妙算
唯独心能赢得胜利

但是你可瞧见这记忆
它蒙住双眼准备牺牲
尽可相信它的断语
我的心会不战而胜

① 这首诗于1915年10月1日寄给玛德莱娜，阿波利奈尔在信中写道："你喜欢我的照片。你想象一下，你的这些照片，又给我带来多大乐趣，我在这里……我用放大镜观察我的爱千百细微部分。"

爱 之 歌

爱情的交响曲由以下种种构成
有从前爱情的歌声
有卓荦冠群的恋人狂热亲吻的声响
有被神奸污的凡间女子做爱的叫喊
有神话中的英雄男性
　　像大炮瞄准飞机一般直挺挺
有伊阿宋[①]的难能可贵的嗥叫
有天鹅临终的歌声
有旭日第一束光芒促使僵硬的门农[②]
　　高唱的胜利颂歌

① 伊阿宋，希腊神话中的忒萨利亚王子。他为了讨回被叔父篡夺的王位，乘船去寻找金羊毛，在喀尔科斯的公主美狄亚的帮助下终于成功，并与美狄亚结婚，生下三个儿子。后来伊阿宋另娶克劳刻，美狄亚为了报复，便送给新娘一件婚服，新娘一披上就被当场烧死。伊阿宋去找美狄亚报仇，却见她将三个儿子杀死，他悲痛欲绝，自刎而死。

② 门农，希腊神话中的埃塞俄比亚王，他率军去救援被围困的特洛伊，与阿喀琉斯交战而胸脯中枪。他母亲黎明女神厄俄斯用浓云的面纱遮住自己，于是大地一片黑暗。她命令大风从敌人手中夺回门农，从空中运到安葬的地方。

有萨宾女人[1]被劫持时的呼救声
还有猫科动物在丛林里的叫春
热带植物体内浆汁上升的隐隐喧闹

促成各国人民的可怕爱情的炮轰
孕育生命和美的大海波涛的吟呜

这其中有人世间全部爱的歌声

① 萨宾女人，古意大利部落，定居台伯河东岸山岳地区，公元前449年为罗马人所败，至公元前为罗马人所灭。萨宾女人被罗马人掳走，生了子女，后来萨宾男人又要夺回他们的女人。大卫名画《萨宾女人》（1799年），就是表现萨宾女人带着孩子在中间阻挡两边交战的残酷场景。

香槟的葡萄园工

一团人马开到
在芬芳四溢的晨曦中村庄
　　几乎还在梦乡
一位神甫头戴着睡帽
香槟地区的酒瓶究竟
　　是不是一队炮兵
葡萄枝蔓好比一枚银币上的
　　一只白鼬
你们好各位老总
我瞧见了他们跑来跑去
各位老总你们好
　　香槟地区的酒瓶里血在发酵
你们要停留几天然后重返前线
这样组成的梯队正像葡萄枝蔓
我将我的酒瓶①发往各地

① 酒瓶，指法国造空发鱼雷。

如同一队迷人炮兵的炮弹

金黄的夜哟金黄的酒
一名葡萄园工唱歌弯着腰
　　在园中摘葡萄
一名葡萄园工无口远在天边
一名葡萄园工本身就是活酒瓶
一名葡萄园工知道什么是战争
一名香槟的葡萄园工
　　就是一名炮兵

现在是夜晚大家在忙乱
过一阵士兵就要开赴前线
到那里炮兵便开启冒沫的酒瓶
别了先生们争取回来
然而谁也说不准会是什么命运

扇形味道

白朗宁自动手枪
奇特的阿托尔
啊！生活什么滋味

多么绚烂的湖泊
倒在太阳的冰川里

一只极小的鸟儿
　　没有尾巴
等人给它安了一只
　　它便飞走

我的品味台
　　细微之声的季风
　和你的口
　　吸纳着天风

听啊听啊脚步喊声

　　留声机听啊听啊

　芦荟爆炸

　　还有小芦笛

明　信　片①

我在帐篷里给你写信
这个夏日在寿终正寝
盛开的晚霞多么灿烂
淡淡的天空似蓝非蓝
轰隆隆炮击意欲争胜
但未等绽开就已凋残

① 这首小诗写在1915年8月20日寄给安德烈·鲁维尔的明信片上。

回　　忆①

两泓暗水的湖
　在一片森林
　　和一件晒干的衬衣之间

张开的嘴在抚弄一只口琴
那是由眼睛发出的声音
同时闲逛着一些小百姓

一位矮小的老太婆鼻子很尖
我很欣赏这只蓝釉的烧水壶
可是耗子钻进尸体内久驻

一位先生只穿着衬衣
正靠在窗口刮胡子

① 1916年3月10日，阿波利奈尔给玛德莱娜寄去四首“配画诗”，是他当天早晨所作。《回忆》这题目是收录进《图画诗集》中才加上的。

哼唱着他不太熟悉的小曲
这场面真是一出歌剧

你呀转向了国王
难道上帝还想要死亡

前　景

咱们掀起麦秸
咱们赏赏白雪
咱们写写书信
咱们等待命令

一边抽着烟斗
一边想着欢爱
那边就是碉堡
咱们赏赏玫瑰

泉水没有干涸
就连金秸也没有褪色
咱们瞧瞧蜜蜂
千万别想什么前景

瞧瞧咱们的手

咱们的手就是雪
就是玫瑰和蜜蜂
同样也是前景

一只鸟唱歌

一只鸟不知在何处唱歌
我相信是你的灵魂
在守护士兵中间的我
歌声悦耳令我欢欣

听呀它的歌多温存
不知它栖在哪根树枝
它无处不使我销魂
不管昼夜还是星期日

但是对这鸟如何评说
如何评说它的变化
由灵魂化为树丛之歌
由心变天再变玫瑰花

士兵之鸟就是爱情

而我的爱是一位姑娘
玫瑰相比也要输三分
唯独我这青鸟在歌唱

青鸟就像我的爱情
这颗天上的蓝色心
你的歌多婉妙再唱
一曲回答屠戮的机枪

塔塔的枪声回荡天边
难道那是播种的星
日日夜夜就这样流转
蓝色爱情仍如这颗心

拒　马[1]

在十一月的白天和夜晚
树木已受到炮火的摧残
在覆盖的白雪下更显出老相
围着波浪起伏的铁丝网
勉勉强强同那拒马并列比肩
我的心再生好似一棵树逢春
如同一棵果树满枝开放
　　爱情的繁花

在十一月的白天和夜晚
炮弹不断高唱令人胆寒
大地上死去的花散发着
　　死亡的气味
我呀每天都向玛德莱娜描绘
　　我的爱情

① 拒马，即铁蒺藜，俗称带刺的铁丝网。

雪给树木缀上苍白的花朵
　也给拒马披上白鼬的皮毛
　　而且到处可见那些
　　　遭遗弃而凶险的
　　　　渊默的马匹
柏柏尔马但是浑身带刺[①]
　　突然间我把它们激活
变成一群花斑的白骏马
犹如白色的浪涛向你涌去
　　　越过地中海
　　给你带去我的爱

白玫瑰哟花斑豹哟鸽子蓝星
　　　　玛德莱娜哟
我爱你颠倒神魂
我一想起你的眼睛就想到清泉
我一想起你的嘴眼前就出现玫瑰
我一想起你的乳房圣灵就降临
　　你胸前的双鸽哟
圣灵就来舒展我这诗人的舌

① 柏柏尔马原产于北非。法文 barbe（柏柏尔）和 barbelé（带刺的）放在一行诗中，有谐趣之意，这是阿波利奈尔常用的手法之一。

以便再对你说
我爱你
你的面孔就是鲜花一束
今天我看你不是花斑豹
而是花仙
我的花仙哟我呼吸你的芬芳
所有百合花都攀附在你身上
如同爱情与欢乐的颂歌
而一支支歌都飞向你
把我带到你身旁
到你那美丽的东方
在那里百合都化为棕榈
棕榈美丽的手招我前去
等天黑之后炮火
绽开夜的花朵
而花凋谢如落下爱情的泪雨
是喜悦而流下的幸福的泪水

我爱你如你爱我啊
玛德莱娜

荣 誉 之 歌

诗　　人

今晚我忆起那出印度悲剧
剧中儿童学步架即一名窃贼
要在墙壁打洞之前就考虑
打出什么形状才最为适宜
以便让美不至于丧失权利
哪怕是犯罪的时刻
　　　　　　而我们这些
诗人男子汉甚至面对死亡
在战场上也有同样的渴想

不过我知道所谓美大部分时间
在这里同别处一样就是简单
我在战壕里见过多少死者

脑袋耷拉在胸前伫立在原地
他们的身子简单地靠着护壁

有一次我就看见一颗炮弹爆炸
四个人脑浆迸裂还久久伫立
倾斜的姿势活像四座比萨斜塔

十天来我们在逼仄的通道里
在泥水和寒冷中周围一片狼藉
满目尽是受罪的肉体和腐烂
我们防守塔于尔大道胆战心寒

章鱼三颗心我有更多忍受伤痛
受苦受难的士兵哟致命的伤员
谁受伤我都感到心连心地疼
这夜晚多么美好子弹咕咕叫
炮弹一条长河从我们头上流过
时而升起一颗照明弹照亮黑夜
就像盛开的花朵然后又凋谢
大地忧戚哀怨而且像潮水上涨
波涛在我这白垩的掩体中歌唱
不眠的日子无以名状的营房

住着惕厉和死神也住着渴望

战　壕

年轻人啊我就给你们做妻子
我的爱十分强劲一直爱到死
我伏在地面嫉妒地窥视你们
我的身体无非是咬人的长吻

子　弹

我们要鼓翅飞出钢铁的蜂房
蜜蜂[①]啊采的蜜血淋淋而香甜
总不断更新的一天柔和的阳光
人类就起源于这座美妙的花园
园中智慧的鲜花散发美的芬芳

诗　人

如果用血河来划定王国的疆土
那么基督就枉来了一趟人世

① 蜜蜂，在军队行话中，指爆炸的炮弹。

就连爱神大家也知道那么残酷
因此在人间至少应当想想美
世上唯独美是从来不坏的东西
在法语中它有数以百计的名称
优雅贤德勇敢荣誉而这些无非
是同一种美

法　兰　西

诗人啊要对它敬重
要追求美而不追求什么荣名
然而达到完美难道就不是胜利

诗　　人

歌者哟未来所有时代的诗人
我歌唱的美涵容我们全部苦痛
但我只是抓住特点要等你们
赋予光荣之举以崇高的意义
并确认这些为国捐躯的伟绩

一个人挺起身子抛出手榴弹

另一个不停地射击打红了眼
还有一个摇晃着手臂搬来酒桶
而随军神甫则讲神奇的事情

我为所有人阐释当你痛哭时
黄鹂大炮发出三音符的甜蜜

谁又知晓因为你的圣洁之死
多少回为我这一代我痛哭流涕
我的**法兰西**啊拿走我的诗作
未来大众你们唱起我唱的歌
比起为了歌颂**荣誉义务**之美
今晚我竭力吟咏的这些歌来
你们受时代之美的激发会高唱
圣洁之歌更加纯洁也更加响亮

1915年12月17日

排　长

我的口将喷出炼狱的炽热
我的口对你将是一座诱惑

　　并美妙的地狱
我口中的天使将在你心中就位
我口中的士兵将要把你夺取
我口中的神甫将供奉你的美
你的心灵将骚动如同遭受
　　地震的一个地区
你的眼睛于是负载了人类
　　自从存在以来就在眼神里
　　积聚的全部的爱
我的口将是一支军队一支充塞
　　杂乱成员的军队
五花八门就像魔法师擅长
　　变换的花样
我口中的乐队与合唱将对你
　　倾诉我的爱
我的口从远方喃喃向你表白
与此同时我眼睛盯着表在等待
　　发起冲锋的时刻

一颗星的忧伤[1]

美丽的密涅瓦[2]我头脑的孩子
一颗血红的星我永远的冠冕
女神啊你早就以头武装自己
头顶着云天而理智下处深渊

这形成星状几乎致命的伤洞
自然并不是我最深重的磨难
孕育我昏眩狂怪的秘密苦痛
要远远超过任何心灵的隐言

我身上带着这种灼热的忧煎
如同萤火虫携带光亮的躯体
如同法国在士兵心中的震颤
如同百合花心里芬芳的粉粒

① 1916年3月17日，阿波利奈尔在贝里—奥—巴克附近的树林营地，头部中了炮弹片，受伤住院，创作此诗。

② 密涅瓦，罗马神话中的智慧女神，即希腊神话中的雅典娜。

胜　　利

一鸡鸣唱我做梦而树枝摇晃
摇晃的树叶就像可怜的海员

鼓翼飞旋好似冒牌的伊卡洛斯
一些盲人蚂蚁一般摇动着手臂
对着雨中人行道的反光照镜子

他们的笑声聚成一串串葡萄

讲话的钻石别再从我这里出去
安稳地睡吧如在家一切属于你
我的床我的灯和有弹洞的头盔

眼神哟蓝宝石在圣克洛德雕琢
　　时日就是一块纯祖母绿

你恫吓这天空想必已经厌腻
　　　　就让它打嗝逆

人们难以想象

成功把人变得多么愚蠢和安静

有人这样问过青年盲人学校
你们就没有长了翅膀的盲人

人的口哟在寻觅一种新的言语
任何语言的语法家都无可挑剔

这些古老的语言都奄奄一息
人们的确只是出于习惯
缺乏胆量才还用来作诗

然而它们就像病人毫无意志
世人真的很快就会习惯失语
无声电影只靠表演就足矣

　　我们就是要夸夸其谈
　　就是要摇唇鼓舌
　　就是要唾沫星四溅
世人渴望新声渴望新声渴望
　　新声
世人渴望没有元音的辅音

一些辅音只发出沉闷的爆破声
　　要模仿陀螺的嗡嗡响
让一种持续的鼻音尽量表现
要让你们的舌头啪啪打响
要利用吃饭狼吞虎咽的人
　　发出低沉的咀嚼声
吐痰时发出的送气声也可以成为
　　一种美妙的辅音
各式各样的唇音也能让
　　你们的言谈更响亮
你们要习惯随心所欲地打嗝
而钟声通过我们的记忆
　　又是多么深沉的字母
看到美丽的新事物的那种欣喜
我们热爱得还不够
我的女友啊你要抓紧
当心哪天一列火车令你激动得
　　　　过分
要把它看作为你跑得更快
这一条条行驶的铁道
很快就要驶出生活
将来它们又可笑又美妙

两盏灯在我面前点燃
如同两个女人在笑
面对这火热的嘲弄
我垂下头而伤心
这笑声传向
各个地方
你们要用手说话用手指打响
你们要拍着腮帮就像打鼓一样
　　　　啊话语
　　它们在没药林里跟随
　　性爱和流泪的反性爱
我就是城市的天空

请听大海

大海在远处呻吟独自呼喊
　　我的声音像影子一样忠诚
　　想要最终成为生活之影
想要像你哟大海一样
　　又活跃又不忠
大海背叛了无数的水手
埋葬我的呐喊如溺死神灵

而大海在阳光下只忍受
展翅的海鸟投下的阴影

话来得突然就是一位神在颤抖
上前扶住我而我惋惜那些人一同
崇拜我并伸向我的手
你是否感受看到新事物的欣幸
明天迎接我的是什么手臂的绿洲

声音啊我讲大海的言语
在码头这夜下等酒馆里
我比勒耳那的许德拉[1]还固执

我双手划动着在街道游泳
敏感的手指在城中搜寻
街道离去但谁知道明天
街道是否会静止不动
谁知道我的路在哪边
想一想吧无须多长时间

① 许德拉，希腊神话中的九头蛇怪，因住在勒耳那水泽，故称勒耳那的许德拉。它兴妖作怪，毁坏庄稼，吞噬牲畜，为害一方，后被赫拉克勒斯所杀。

铁路就会过时而废弃
看一看

胜利首先就是
看得很远很远
什么都看得见
如在近前
而且一切都有一个新名字

美丽的棕发女郎[①]

我这人面对芸芸众生富有感知
同每个世人一样悟透了生与死
尝到了爱情的痛苦与欢乐
有时也曾气使颐指
能讲好几种语言
去过不少地方游历
在炮兵和步兵队伍里见识过战争
脑袋挂彩浸泡氯仿麻醉止疼
在残酷的战斗中失去了挚友
我掌握个人所能获取的新旧知识
而如今不再关心这场战争
我的朋友我们私下也为我们
我就评说这场长期争执的起因
　　　　既牵涉秩序和冒险

① 1918年1月，阿波利奈尔患肺炎期间，美丽的棕发女郎，即雅克琳·科尔珀，守护他两个月，两人相爱，于5月结婚。这首出色的诗，也可以算作阿波利奈尔的遗嘱诗，首先发表于《扇》杂志第五期。

又牵涉传统和创新

诸位的口是照上帝的样子造成
口就是秩序本身
当你们拿我们同完美秩序的代表相比
务请你们大度宽容
我们到处追求冒险的时机
我们并不是你们的敌人
我们想要为你们提供
　　广阔而奇异的天地
那里有鲜花盛开的神秘
　　可供有心者采撷
那里有新型的烟火
　　有从未见过的颜色
还有应当赋予现实意义的幻影
　　千百种而无可估量

我们想要开发善
　　一片沉寂的巨大区域
还有这时间
　　要随心所欲地驱走或召回

请可怜我们始终战斗在
　　无限和未来的前线
请可怜我们的过错我们的罪愆

我的青春和春天一同消逝
夏天这狂暴的季节现在到来
太阳啊这是火热的理智时期
　　　　我等待
她来了形貌那么高雅而温柔
吸引我犹如一块铁接近磁石
要让我只爱她并永世依傍
　　她那十分迷人的模样
　　正是倩丽的棕发姑娘

她的秀发金光灿灿
好似不熄的绚丽闪电
又像凋谢前的红茶花丛中
那种喧闹欢腾的烈烈火红

不过你们要嘲笑就嘲笑吧
各地人等尤其此地人
须知有多少事我不便对你们言说

有多少事你们也不容我诉说
可怜可怜我

曾有集

采　　撷

满园花竞开我们进来采撷。
戴上茶红淡粉的花冠你多美，
你可知道每年夏季要凋谢
　　多少爱的玫瑰？

狂风骤起花枝要弯弯垂下，
玫瑰花瓣纷纷飘落到路面
采撷吧美人，我们梦之鲜花
　　明天也要凋残！

将花瓣放入杯中门户闭严，
我们颓然狠心想逝去的日子，
将看到爱的玫瑰气息奄奄，
　　在芳香中垂死。

我这私心的大园草木凋落，

白昼的蝴蝶飞走另觅芳踪，
此后唯有夜间出没的尺蛾
　　飞入凄凉园中。

鲜花即将在世俗的房中枯萎，
我们的玫瑰脱下片片苦痛，
哭一哭吧美人……每朵落花岂非
　　死去一段爱情！

亲爱的蓝达[①]

亲亲伊人那倩影啊招之即来，
爱摆出忧伤之态又无精打采：
的确在幽微中一缕清音渐息，
蓝色小夜曲令她的芳心式微，
达达琴声在纤指下如诉如泣。

---

① 给蓝达的情诗共九首，这里选译一首，类似中国的藏头诗。原诗“蓝达”LINDA五个字母，各领一行诗。译诗化为“亲爱的蓝达”五个字，置五行诗之首。蓝达是阿波利奈尔的朋友莫利纳的妹妹。阿波利奈尔于1901年追求她，但未获青睐。

镜花水月[1]

闺阁白木床蓝达揽镜自赏，
那一天我竟然犯起了糊涂，
同她分手时凭借镜子带上
违背海誓山盟的一条情由。

蓝达从前并不这样而如今
我深知她借明镜化为双重；
我这颗心难拒恋情的诱引，
竟负情而迷上另一张面孔。

从那天起明镜就映现幻影，
我在这幽闺反复端详对比
蓝达的面孔和幻见的脸型，
我的心要选择还缺乏勇气。

① 1901年5月30日寄给蓝达・M 小姐的明信片。——初版注

我优柔寡断始终三心二意，
并非镜中的女郎更为妖冶；
然而我爱慕她既化为现实，
又随有形姊妹的意愿幻灭。

我爱她这迷离扑朔的映像，
真假虚实难辨而近乎神奇，
时髦赛似本人又神采飞扬：
镜中女郎果是人间的奇迹！

镜子搞恶作剧仍冷若冰霜，
映出一个真实姿态的定型，
明镜更有欺骗恋人的力量，
以为爱伊人却只爱个幻影。

奇　珍[1]

很久很久以前亲爱的，
有个满头金发的公主，
在什么国度我不清楚。
很久很久以前亲爱的，
雅拉娜巫婆与她为敌，
把美丽公主变成宝物。
很久很久以前亲爱的，
有个满头金发的公主。

变成宝物埋藏在地下，
那是丁香花开的时节，
巫婆对公主施了魔法，
变成宝物埋藏在地下。
公主涕泣如孤旅天涯，
她涕泣却得不到慰藉，

① 1901年6月10日寄给蓝达·M小姐的明信片。——初版注

变成宝物埋藏在地下，
那是丁香花开的时节。

我是此地的青苔仙娥，
一个低沉轻柔的声音
这时忽然对公主诉说，
我是此地的青苔仙娥，
头戴着蓝色勿忘草结。
可怜见的竟遭此蹂躏！
我是此地的青苔仙娥，
公主耳畔有一个声音。

一位忠诚的年轻男子
能救你这干涸的眼睛，
仙娥说话似燕呢之声。
一位忠诚的年轻男子，
亲爱的他将渴慕于你，
而他对金钱看得极轻。
一位忠诚的年轻男子，
能救你这干涸的眼睛。

公主期待了一个世纪。

一天从那里经过一人，
是位异常勇敢的骑士。
公主等了他一个世纪，
常胜骑士却一贫如洗，
于是他拿走全部黄金。
公主期待了一个世纪，
一天从那里经过一人。

可怜的公主无影无形，
被人装进皮革钱袋里；
可怜的公主不诧不惊，
仪容修美却无形无影。
强盗要了骑士的性命，
抢走了钱袋仓皇逃离。
可怜的公主无影无形，
在皮钱袋里暗自悲泣。

她悲叹自己沦为奴隶，
又不能放声呼叫苍天。
狂风怒吼并飞沙走石，
她悲叹自己沦为奴隶。
但目击者又见义勇为，

打发那凶徒命赴黄泉。
她悲叹自己沦为奴隶，
又不能放声呼叫苍天。

救命恩人是个穷诗人：
“这等奇珍我终生未见，
我不稀罕！也许我太蠢，
一个穷诗人！救人一命，
不如救一个二八佳人。”
于是公主的身形再现。
救命恩人是个穷诗人：
“这等奇珍我终生未见！”

亲爱的就是这段故事
讲述满头金发的公主。
我也不知叫什么名字。
亲爱的就是这段故事，
讲述老巫婆与她为敌，
施魔法把她变成宝物。
亲爱的就是这段故事，
讲述满头金发的公主。

当你离去[①]

当你将要离去我会默默无言，
然而熬过整个夏天又到秋季，
圣母啊你这姑娘如还不返回，
我就像一条狗到你门前哀怨。
当你将要离去我也默默无言。

离别期间每件旧物都谈论你：
在首饰店所见到的珠宝珍玩，
将化为摄人心魄的幻景奇观，
意念中显现你的葱管和皓齿；
离别期间每件旧物都谈论你。

每个朔月夜都印证你的云鬓，
我能见到你在月夜中的闲愁；

① 1901年6月27日从巴黎寄给蓝达·M小姐的明信片，明信片上的图案是卡尔卡松城欧德门。——初版注

既然你要走别人须对我宽厚，
并确定我的星和渴望的星辰，
每个朔月夜都印证你的云鬓。

当寒秋来临飒飒作响的枯叶，
就是你走路窸窸窣窣的长裙；
只要我有种预感你悄然临近，
落叶就将散发鲜花般的香泽；
当寒秋来临应付无边的枯叶。

当你离去好似倦慵的圣母像，
一切旧物乃至枯叶都谈论你，
除了你这如房门好动的女子，
不待参加舞会你就把我遗忘，
当你离去好似倦慵的圣母像。

灵魂三叠[1]

你的灵魂是我渴望摇的婴孩，
但我肉体凡胎恐难抱住灵魂，
这女婴的幽魂可能使我倦怠。
我要学那金口玉牙鼓舌摇唇，
讲述你若隐若现的灵魂之美，
如同哲人所能见的单子[2]微尘。

你灵魂安宁如修道院在沉睡。
鸡鸣狗盗之徒将用种种奸计，
要打开这扇拒敌之外的门扉。

一人举着晶莹宝石从右边来，
企图从外献给你里面的灵魂
另一个更阴险要高声说：“我爱！”

① 1901年7月3日寄往卡堡给蓝达·M小姐的明信片。——初版注
② 单子，德国哲学家莱布尼茨，1646—1716，提出的哲学概念，单子是构成所有生物体的最小单位，它为单质，不可分而有活力，是无限的。

“我爱那西天安宁恬静的黄昏，
待在悠长回声似记忆的深院。”
可他撞门环折牙齿也无人应。

你的灵魂是锁在衣柜的香兰，
你的灵魂是我永难获取的吻，
你的灵魂是天倒影的碧湖面。

有人要窃取我一直爱的清芬，
有人要抓住这吻以蜜吻换取，
有人要在我心仪的湖中痛饮。

谁能像水花蔓延到湖中吮吸，
阳刚之花哟到你心灵的湖滨，
湖水定然变得清凉甘美如饴！

你的灵魂是公主不愿穿长裙，
觉得穿上锦绣长裙实在受罪
小公主想要睡觉却睁大眼睛。

那片柏树浓阴国王们要驾临，
你的灵魂公主正在那里徘徊，

你的灵魂公主有王后的命运。

你的灵魂我渴望悠荡的婴孩。

城　与　心[①]

遍竖风标的城神态肃穆，
屋顶呈现出杂乱的凝重；
诗人凝重而纷繁的心庐
旋荡着无理性的刺耳声。

城啊你和心一样无理性。
城和心的脉搏抵我手掌；
城脉难以捕捉轻若无形，
心脉诧于生活怦怦作响。

① 这首小诗与下一首《婚礼》于1901年9月发表在《大法兰西》杂志第十九期上。

婚　礼[1]

诗赠大西洋岸边的一位女士

仲夏之夜爱情娶了分离，
我的情爱跟定你的青春，
缓步伴随你这不居之妻，
多温柔沉静的一缕芳魂。

大洋岸边女子若全裸体，
几疑是古代希腊的天空，
爱情来此哭泣鲜为人知，
独尊之神无不嫉妒心重。

---

① 1901年夏，寄给在卡堡度假的蓝达。

伤足游子吟[①]

少年须当快意游；
夏日悠悠天籁收，
唯有泉水吟不休。

踏入蕨草欧石楠，
寻芳越橘林里边，
群蜂乱舞沸盈天。

一眼水泉一目闭，
清泪涟涟涕不住，
清水出世堪忧戚。

清水终将成浊流，
泉水生时声咻咻，

① 1902年5月发表在《大法兰西》杂志第二十五期上。这首诗大约作于在德国逗留的头几周，但是情调显然与《莱茵河谣》组诗不同，很可能描述比利时的斯塔沃洛，追怀他两个兄弟穿越树林的长途逃匿。

容颜惨淡泉边柳。

伤足游子正年少，
理智正常思想老，
抛却俗见少烦恼。

林中牧神知何处，
仙女也未施给你
蓝蝴蝶花黄菖蒲。

手持绿杖为青枝，
脚踏神灵意肆恣，
一神呜呼尚不知！

管他煞神保护神，
走啊不信神的人，
生出一神杀一神。

明眸心灵皆生神，
个个杀掉何足论，
伤足碧血祭亡灵。

农牧森林各路仙，
见你无不装笑颜，
搅水让你难照面。

走在大路起飞沙，
致意两边十字架，
一片血色非虚话。

仙女涕泣花凋零，
魔法巫师百感生，
各路凶神已断魂。

通过你感知未来[1]

我珍贵的爱啊我的心爱之作，
这眼睛永远明亮是我点的火；
我爱你啊如爱杰出的艺术品，
一尊庄严雕像一首魔幻诗歌。

心爱的你将是我自身的见证。
我是为后事才给你创造永生，
爱情与生命我的象征与荣耀，
你会把我的姓名流传给后人。

而我十分关心你的绝色容貌，
对此我比你本人还感到自豪；
这完全是我的构思我的制造。

① 这首诗与《米拉波桥》于1912年2月，一起刊登在《巴黎晚会》杂志第一期上。不久又以《失德》为题，刊登在Arthénlee年刊第三期上。这首诗的另一份手稿寄赠给玛特·鲁，题为《艺术与爱情》。

因此杰作啊我们的爱情曾是
并且仍将是天上人间的装饰，
你哟我的创造物和我的仙子！

地　　狱[1]

一个男子穿越沙漠滴水未进，
那天夜晚终于赶到大海之滨，
他凝望这苦涩波涛干渴愈厉，
他是我的渴求海是你的胜利。

他内心凄惶便穿上一身绿装，
一张漂亮面具在架子下乘凉——
这黄绿脸的自缢者——好像我要
以爱之火烧灼这光荣的利掌。

这个饥渴的人这张漂亮面具，
这自缢者走下我挖掘的地狱，
而地狱始终是："但愿她能爱我。"

难道一件事也不能随心所欲？

① 这首诗于1912年5月4日，刊登在《巴黎晚会》杂志第四期上。

得不到爱至少这样痛快而去，
君知否我的灵魂也必死无疑？

祝　婚　词[①]

太迟了，太迟了，这夜晚多险恶，
那这伙劫走乳峰诱人的小妹，
我不愿意仰望这熟悉的星空。
倾听那情人频频给她的亲吻。

狩猎，小妹啊，狩猎的号角吹响，
号角声徒然在幽邃的夜空回荡；
为了温暖被忧郁之神出卖的前额，
他那颗垂死的头撕裂你的胸膛。

我们梦想吧，小妹！你的发辫多出色！
你正在做多育子女的黄金美梦吗？
但比起别种销魂这梦可无足挂齿，
他肯定要对你说他从来没有爱过。

① 诗人生前未发表的遗作，于1924年6月首次刊登在《文学杂志》新系列第十三期上，并注明由阿尔贝·萨维尼奥提供手稿。

没有廉耻的处子，小妹啊从那里返回，
莫非你已委身给巫魔舞会的魔法师？
真想追问你一丝不挂在那里干什么，
说吧，这个未知故事难道大同小异，

类似你们的情爱，尚未阅读的书卷？
意愿啊，就是你要随心所欲的意愿。
女孩啊乳房太硬实，如玫红尖晶石，
女孩啊小妹，为何要体验这种交欢？——

朝霞把朵朵夹竹桃花投到你脚下，
林中过夜的少女啊，无论你的鲜花、
你的乳房还是黑夜睡眠，都让我挂牵！
我惴惴等待那情人飞驰而来的骏马。

你是骑在马背上离去的，而那魔法师
亲你眼睛亲你胸脯亲你嘴，胆大包天！
说呀说呀小妹，他究竟如何肆无忌惮！
　　……
现在你回来了，我的妹妹，气喘吁吁！
从火热的地方，那里女子都赤身露体，
那里爱过你的汉子手脚四肢黑漆漆，

那里颀长的身躯在街口都那么疯狂，
那里每天都砍下金灿灿太阳的脑袋，
好让鲜血喷射到大地成一束束阳光。

无　　知①

伊卡洛斯

太阳，我还年轻，这全怪你，
我抛下的身影可能是幻形。
对不起，天宇间唯独我运思，
而我的身影也无非一颗星。

父亲教我掌握迷宫的暗道、
地理的奥妙，然后溘然长逝；
于是我在很长时间饱食青草，
探悉对旋转天宇的古老恐惧。

神谕固然否定了这种热望，
但毕竟哪路神也没有干预，

① 这首诗于1914年6月刊登在《法兰西—瓦隆》杂志第三期上。它的形式与创作灵感与《烧酒集》中的《窃贼》相近。

我不辞劳瘁终于做成翅膀，
用点融蜡固定在我的赤臂。

我朝你光灿灿的表面飞升，
尘寰的种种景观尽收眼底，
从尼罗河源头到图勒雾中，
从利比亚沙漠到梅奥沼泽。

太阳，我来抚摩你光华的脸，
要固定你这独一无二的烈火，
焚烧我的柴堆正是你这光焰，
我会胜过神仙而升天成正果。

——牧　人

我望见一尊神在太阳下浮悬，
但愿头一个有形之神能通过，
显圣的如果是位垂死的神仙，
祈求他不要坠落到我们山谷。

伊卡洛斯

为躲避黑夜，你乱伦的母亲
我这善良之神在云间巡回。
远离大地，而这华美的夜神，
陌生之星来大地同陌生者相会。

我将凭借你的热力和希望活着。
但是你的爱，太阳，以圣火燃烧
我原本无知想要成神的肉体，
天啊！人啊！我在目眩中回绕。

船　夫

一尊裸体空手的神坠入海洋，
他要被冲上岛屿，如同溺水者，
渐渐腐烂并面向光辉的太阳，
在伊奥尼亚[①]天空下双翼脱落。

① 伊奥尼亚，希腊古地名。

在安娜的花园里①

自不待言，假如我们生活在一七六〇年
安娜，这不正是你在这张石凳上
　　辨识的日期

假如我不幸生为德国人
而有幸陪伴在你的身边
我们就可以卿卿我我地谈情说爱
并且几乎总讲法语
你就会紧紧吊在我的手臂
一面听我讲毕达哥拉斯
一面心想再过半小时
我们就要一道去喝咖啡

秋天也会像今年秋天一样绚烂

① 这首诗和《伊斯法罕》《河滩》《蒙帕纳斯》等五首诗，于1913年刊登在《诗与散文》第三十五期上。这是诗人与安妮在德国逗留的头几个月中，写给她的一首情诗。

头戴小黄柏与葡萄蔓的花冠

有时我会猛地深鞠一躬
向倦怠肥胖的贵妇致敬

在那漫长的夜晚
我要独自细细品尝
葡萄烧酒或希腊葡萄酒
我还要穿上西班牙服装
到大路上去迎候等待
我那听不懂俄语的祖母
乘坐她的古老马车到来

我要把充满神话的诗章
写在你的乳房和当地贵妇身上
用以描绘田园生活

我要经常抽打一个农夫的脊梁
甚至抽断我的手杖

我还要边欣赏音乐
边啃火腿

我向你发誓我要用德语撒野
假如我搂着这个棕发女仆亲嘴
万一被你撞见

不过到越橘林里你又会
　　原谅我的行为

于是我就哼唱一会儿
继而我们又久久地聆听
　　暮晚的天籁之声

伊斯法罕[1]

为你的玫瑰
再远的路程
我也不懊悔

你的太阳
普照别处的
各个地方
你的音乐
同拂晓合辙
此后对于我
就是艺术的节拍
我将依据这些回忆
评鉴我的诗
评鉴造型艺术和你
照人的容光

① 伊斯法罕，伊朗城市，位于德黑兰南部，为波斯古都。

伊斯法罕清晨乐曲悠扬
唤醒花园玫瑰的芳香
我的心灵
由玫瑰熏沐
终生馥馥

伊斯法罕一片灰色
装饰蓝莹莹的彩釉
仿佛当初建造你
用的是一片片蓝天
一块块泥土
并且在正中
留下阳光的大空洞
即这座
方形广场
梅丹沙赫
宽阔得出奇
几乎显不出
碎步快走的小毛驴
它们为数不多
还引吭高歌
同时望着

太阳的红胡须
那散沫花状的阳光
好似躲在白阳伞下
大胡子的年轻客商

我是此地杨树的兄弟

把欧洲的儿子认作骄杨吧
我的在亚洲祈祷而抖瑟的兄弟

一个脊背弯得像羚羊角的行人
一架留声机
乱画的图文
一家小铺子

河　　滩

河岛岸边
空荡荡小舟相撞
到如今
无论平时还是周日
无论画家还是莫泊桑
都不再来此游荡
不再携
丰乳肥侣
兴来赤膊
荡舟粼粼水上
令人神伤
这河岛岸边的舟楫

蒙帕纳斯[1]

旅店啊两块绿色门扇
绿色却永远难见
上面的鲜花争艳
旅店啊一个天使在你门前
正在散发广告单
美德从未受到如此有力的眷顾
按周出租的客房永远给我一间
大胡子天使啊其实你是
德国一位抒情诗人
你希望了解巴黎
你熟悉铺石的马路
不能踏在边线上
　　你还梦想
到加尔什[2]去过星期天

① 这首大约作于1911年至1912年间，当时阿波利奈尔常去加尔什镇加布里爱珥·皮卡比亚家过星期天。

② 加尔什，法国上塞纳省的小镇。

天气有点闷热你的头发长
和善的小诗人哟有点傻
　　头发也过分金黄
你眼睛和两个大球[1]一个样
大球扶摇升向碧空
探险的历程

① 大球，指气象气球。

怀念勒杜瓦尼埃[①]

天使的肩头立着
一只极小的鸟儿
两个齐声歌颂
卢梭有多么好

世界总在运转
记忆不断逝去
如水上一条船
又如心底的遗憾

卢梭真好
你是歌颂的
这只小鸟儿

① 这首诗于1914年5月15日刊登在《巴黎晚会》第二十四期上。画家勒杜瓦尼埃·卢梭于1910年去世，《巴黎晚会》第二十期（1914年1月15日）是他的纪念专号。他曾给阿波利奈尔和玛利亚·洛朗辛画了那幅著名的画《缪斯启迪诗人》。这首诗在当年7月又发表在柏林《狂飙》杂志第二一四至二一五期上，阿波利奈尔显然要以诗征服德国。

这个天使

他们手拉手并且一同伤悲
在他们的墓上同样的花在战栗
你说得对她很美
然而我没有爱上她的权利
我必须留在这里
这里编出多少美丽的珍珠花圈
我必须拿给你看看

漂亮的美国女郎
让男人们发狂
再逗留两三周
她就要去游科孚[1]

我在转悠
灯塔惊慌
我的美舟
已经远航

① 科孚，希腊岛屿。

小腿上受了多少处伤
这些血淋淋的洞你给我看
那是绿油油的一天温和的上午
我们在马克萨斯群岛[1]快乐街
那家酒馆喝一杯金鸡纳酒

等待她的水手
凝望着天际
半截身从波中出来
所有鱼都目瞪口呆

我在转悠
灯塔惊慌
我的美舟
已经远航

你的声音碎片是被爱击碎
悦耳的黑人音乐
而我曾把你灌醉

---

① 马克萨斯群岛，属于玻利维亚。

漂亮的美国女郎
让男人们发狂
再逗留两三周
她就要去游科孚

你步行极缓慢地穿越巴黎城
妈妈那儿是您吗
戴淡紫面纱的风

我在转悠
灯塔惊慌
我的美舟
已经远航

据说她俏模样儿
住在密西西比河畔
然而巴黎的时尚
使她变得更加美艳

我在转悠
灯塔惊慌
我的美舟

已经远航

他在街椅刻上心爱的名
　　　　　　　在太子门附近
两个名字是克莱芒丝和约瑟芬

两株蔷薇沿着他的灵魂攀缘
这三结合多美妙
他在卫队街冲撒尿的骒马微笑

他指挥一支儿童乐团
玛德莱娜小姐啊！
　　玛德莱娜小姐
　　　　　　　啊！

在这周围一带
还有别的女孩
她们没有情郎
但又温柔又可爱

我在转悠
灯塔惊慌

我的美舟
已经远航

一 首 诗

他走进来

自己落了座

看也不看棕发的发烧者

火柴燃起

他就离去

电 影 之 前[①]

对了我们今天夜晚
去电影院

艺术家究竟成了什么
他们不再致力于美术
他们不再用心搞艺术
诗的艺术或者音乐
艺术家成了男演员和女演员

假如我们是艺术家
我们就会讲戏内
而不讲什么戏内码

再假如我们是外省的老教师

① 这首诗的手稿写在1917年3月20日广播公司一张电报单的背面，发表在1917年4月15日《南北》杂志第二期上。

我们就不讲戏内或戏内码
而是讲戏内码艺术[①]

上帝啊总得有点儿品位

① 戏内码艺术，法文电影一词，最早为 le cinématographe（电影艺术），后简化为 le cinéma，俗称 leciné，此处音译为“戏内码”“戏内”。

再 快 点 儿[1]

暮晚来临百合花纷纷凋谢
你瞧我的痛苦正是绚烂的天空
送给我忧伤的一夜

孩子笑笑姐姐啊你听
你们走在大路上穷苦人
骗人的森林听我声音就突现
烧灼灵魂的烈焰

在勒雷奈勒大街[2]上
那些工人和老板
五月树木这条花边
不要显得那么张扬
走得再快点儿他妈的

---

① 这首诗刊登在1917年5月15日《南北》杂志第三期上。
② 勒雷奈勒大街，巴黎塞纳河左岸的一条大街。

走得再快点儿

那一根根所有电线杆
沿着河畔从那边跑来
我们的共和国将这束铃兰
插在了自己的心怀
铃兰沿着河滨多茂盛
　　走得再快点儿他妈的
　　　　走得再快点儿

嘴一副撒娇样波莉娜羞惭
　　　　　那些工人和老板
当然当然哄骗人的漂亮女郎
你兄弟[1]
　　　　走得再快点儿他妈的
　　　　　　走得再快点儿

① 杜塞博物馆收藏的这首诗的手稿上，“你兄弟”这行诗的译文为“你兄弟死了额头打了一个洞”，附译于此以助理解。

恸　　哭①

　我们的爱情由沉静的星辰调节
　而我们也知道自身上有许多
　　　男人在呼吸
　他们来自远方一到我们额下
　　　便融为一体
这正是梦幻者之歌
他们剖出心来相见
托在右手虔诚奉献
　亲爱的自尊你要念起这些往事

　念起海员像征服者一样高唱
　念起图勒②深渊俄斐③的柔和天光

---

① 这首诗与《二十岁》一起，刊登在1917年6月至7月《南北》杂志第四、五期合刊上。

② 图勒，古人称欧洲北部的一个岛屿。它的传说曾引发歌德的灵感，创作了歌谣《图勒王》。

③ 俄斐，据《圣经·旧约》记载，俄斐这个地区以出产纯金闻名，但确切位置说法不一。

　念起受诅咒的患者逃避他们的人
　还念起移民返回故国的欢欣
这颗心啊鲜血流淌
而梦幻者又要感念
他痛苦难愈的创伤
　你摧毁不了这些因果链
梦幻者却对我们说
　哪些结果别有根源
我这颗可怜撕碎的心
如同所有男人的心
　这就是我们为生活所役的双手
这心奄奄待毙乃至为爱而死
为爱而死这颗心如所有情事
也请你们剖心一见
　直到时间完结再无自由之物
　一切都抛入死渊
隐起我们的恸哭

瓦洛尼山沼泽地[①]

如许盈溢的忧戚
攫住我的心在凄凉的山泽地
飒飒西风正悲鸣
我已精疲力竭把长途的重负
置放到冷杉林里

我早已离开美丽的树林
而松鼠仍然留在林中
我抽烟斗吐出乌云要遮蔽
　　　　天空
天空却执意保持碧澄
除了一支谜一般的歌
我没有把任何秘密
透露给潮湿的泥炭地

① 这首诗于1915年2月18日，以《山泽》为题，刊登在《拉塞尔巴》杂志第九期上。

欧石楠花散蜜香
引来蜜蜂采蜜忙
我这疼痛的双足
踏着越橘和欧洲越橘[1]
深情地结合
　　　北方
　　　北方
生活在这里扭曲
状如强壮而弯曲的
　　　　　　　树木
生活在这里咬噬
　　　　　　死亡
好牙口
当狂风怒吼

---

① 越橘，矮小灌木，分欧洲越橘和北美越橘，属杜鹃科。

占　　梦[1]

天空的炭火近在咫尺，我真怕被烧灼。火舌眼看就要燎着我。但是我意识到男人和女人，各有不同的永生。两只异类的野兽在交配，而玫瑰枝压条繁殖的葡萄藤，缀满了沉甸甸的月亮珠串。那只猴子喉咙吐出的火焰，用百合花图案装饰着人世间。在没药林，一只鼬皮毛在变白。我们责问它虚假的冬天是何道理。我吞噬晒黑的羊群。奥尔克尼斯[2]出现在地平线，我们朝那座城走去，但心中还留恋苹果树林在鸣唱，在呼啸，在怒吼的山谷。然而，耕过的田地之歌更加美妙动听：

一个赶大车的要进

奥尔克尼斯城。

一个流浪汉要出

奥尔克尼斯城。

---

① 这首诗于1908年2月20日，刊登在《法朗吉》杂志第二十期上。诗文显然阐明阿波利奈尔在1908年对诗歌的理解。在梦境的叙述中，诗的组构成分要超过精神活动的自动性。

② 奥尔克尼斯，诗人梦幻的城市。

守城卫士冲上前，
盘问这个流浪汉：
“你从城里带走什么？”
“我一颗心留在里边。”

守城卫士冲上前，
盘问这个车老板：
“你把什么带进城？”
“我的心进城结良缘。”

城里的心这么多！
卫士都哈哈大笑，
流浪汉大道是灰色，
灰色爱情车老板哟。

这些守城的卫士们，
大打出手显威风，
然后慢慢地关上
奥尔克尼斯城门。

然而我意识到男人和女人，各有不同的永生。天在给自己的薮猫喂奶。于是我发现手上有深红的斑点。凌晨，一群海盗掳走了九艘停泊在港口的战舰。那些君主还在寻欢作乐。而妇女们也不愿意为任何死者流泪，她们宁肯要老迈的国王，因为他们做爱比老狗劲头还大。一位祭司渴望牺牲而不愿殉道。有人给他开膛破肚。我看见腹中有四个I、四个O、四个O。有人给我们端上鲜肉做成的菜肴，我吃了之后，猛然长了个头。类似它们的树木的一群猴子在盗古墓。这些野兽身上长出月桂树叶，我招呼一只，它就送给我由一颗宝珠做的脑袋。我接过珠头，抱在怀里，开始盘问，并威胁它如果不回答就把它抛进大海。这颗珠头一问三不知，便沉到了海底。

然而我意识到男人和女人，各有不同的永生。两只迥异的动物相爱。不过，唯独国王们才绝不会这样乐死，有二十名盲人裁缝应召而来，要缝制一幅帷幔罩上玛瑙。我倒退着亲自指挥他们。快到黄昏，树木全飞起来，猴子都静止不动了，而我看到自己分成百个身。我化身的一群坐到海边上。巨型的金船从远海驶过。等到夜幕完全降临，有上百朵火焰迎我而来。我同时生育一百个男孩，由月亮和山丘哺乳。他们喜爱的瘦骨嶙峋的国王，让人在阳台上摇晃。我走到一条河岸，两手抓住河流举起来。这把剑给我解饮。懒洋洋的泉水对我说，我若是拦住太阳，就会看到它其实是方形的。我化成的百个身游向一群岛屿。一百名水手迎接我，把我带进一座宫殿，并杀掉我九十九次。这时我放声大笑，并且手舞足蹈，而他们却哭了。我四足一同起舞。水手们再也不敢动弹，因为我有一副狮子的骇人凶相。

四足，四足。

我的胳膊、我的腿相像了，而我的眼睛倍增，仔细地布满我的头顶。然后我又站起身，像手和叶子一般跳舞。

我戴着手套。岛民带我进入他们的果园，让我摘取如同女人的果实。这时岛子漂走，填满一片海湾，只见沙中立刻长出红树。一只浑身白羽毛的软体动物难以名状地歌唱，一大群人围观，不知疲倦地欣赏。我又看到一颗宝珠做的脑袋在地上哭泣。我举起河流，围观的人便四散跑开。一些老人在吃野芹菜，而永生者并不比死者多受什么罪。我感到自由了，自由得就像应季开的一朵花。太阳也不见得比一个熟果更自由。一片树木的牧群在啃噬看不见的星辰，而拂晓则把手伸给暴风雨。在没药林，大家不免受树荫的影响。一群人重叠着进入压榨机。边唱歌边流血。从压榨机流出的酒汁中，一些男人诞生了。他们举起另一些河流，相互撞击，发出清脆的声响。阴影出了没药林，走进人畜眼睛的根蘖浇灌的小花园。最英俊的男子掐住我的喉咙，但最终还是让我打倒在地。他跪着龇牙给我看。我碰了碰牙齿，发出的声音又变成一条条栗色的蛇，它们的语言就叫圣法多。它们挖出一条透明的根吃起来。那条根有萝卜粗。

而我的休憩的河流浮着它们，没有把它们淹死。

天空满是粪便和葱头。我诅咒那些把光流泻到大地的微不足道的星辰。再也没有任何生物出现。可是歌声四起。我巡视空荡荡的城市和遗弃的茅屋。我拾起所有国王的王冠，做成一个饶舌世界的不动的使者。没有水手的金船从远海驶过。巨大的影子在远帆上显现。那些影子同我相隔好几个世纪。我悲痛欲绝。不过我意识到男人和女人，各有不同的永生。相异的影子以它们的爱遮暗船帆的猩红色，与此同时，在一条条河流，在一座座城市，以及在高山的积雪上，我的眼睛也无数倍增。

给璐的诗章

献给璐的诗章[①]（选译）

——我的爱情影子

我　想　你

我想你哟我的璐你的心是我的
　　宿营地
我的感官就是你的坐骑而你的记忆
　　是我的苜蓿

今天夜晚马刀马刺布满天空
黑暗中笨重的炮兵行色匆匆

我看见你的身影时刻伴我左右

① 璐即路易丝·德·科利尼—夏蒂荣。1914年9月，阿波利奈尔陪友人去尼斯，11月结识了生活无拘的少妇路易丝·德·科利尼—夏蒂荣，当即迷恋上她，便与这个他称为“璐”的女子结成暧昧的关系。但是，他不能容忍璐又诱引又拒绝的态度，一气之下入了伍，到达尼姆军营。然而璐又赶去，同他共度热恋的一周（12月7日至15日），年底，阿波利奈尔又请假两天，去尼斯与璐相会。在此期间，他开始创作献给璐的诗，先后共作了七十六首。

而你的嘴就是勇气的灼热伤口

我们的军号在黑夜像你的声音嘹亮
我骑着马而你小跑紧随在我的身旁

我们的七五大炮娉婷同你的躯体一样
你的秀发恰似北方一发炮弹的火光

我爱你哟你的手和我的回忆
时时刻刻吹响幸福的军号

一颗颗太阳轮番地长嘶
我们成了肉体隔墙星辰纷纷往下掉

在你的明眸中

在你明眸幽深的湖中
我可怜的心沉没消融
消融在那种
爱情加上痴狂的水底
忧伤和回忆

我 崇 拜 你

我的璐啊我崇拜你
万物全通过我来崇拜
路边所见吃草的马群
凝望着我的一排拉丁古迹
返回军营的那些健壮炮兵
面对我逐渐沉落的夕日
开赴前线的淡蓝军装的步兵
所有这一切都在思念你
我的火红头发的姑娘哟
正是为我照亮人世的火炬
火焰啊你就是我的勇力
天空朵朵彩云
显现你的面容
凛冽北风阵阵
刮走我的话音
句句话飞向你

你洞悉其含义
从高山到平原
从平原到海湾
我们终日眺望
待到暮色苍茫
待到难挨困倦
就在两地安寝
我们异床同梦
又相会在梦中
同一口袋物品
同样的梦迷魂
我们化为一体
我的梦真像你
枝丫摇曳是你颤动的眼睛
景物婆娑是你多情的倩影
我的鞋钉像你眼睛一样明亮
骒马的外阴同你的一样粉红
擦油的枪支即如你要我时
生活的甜蜜即如我在爱你
冬日和煦天蔚蓝
请你为我重造天
你是我的准假令

又是留营派岗班
你的爱是我军服
你的甜吻如纽扣
闪着金光与银光
肌肤鲜艳手臂长
最美饰带真漂亮
旁边一位先生吃雪白冰淇淋
我想到你臀部和肌肤的丰韵
左首有一位金发少妇在读报
你的信对我是全世界的报道
水兵过去海在你脚下全消失
我凝视你这照片你是大环宇
我划着火柴就看见你的秀发
你对我是生活而生活在继续
你是未来又是我的千秋万代
你是我唯一的美唯一的爱

我要再次对你说

我的璐我要再次对你诉说爱情
爱在我心中升腾宛如旭日初升
太阳闪着光芒又如同挥动长鞭
势要激励我们的灵魂相依相连
我的爱情仅仅是你的幸福
你的幸福无非是我的心愿
你的爱情想必饱经磨难痛苦
我心愿融于你的渴望与容颜
你上次到来备受宠爱的女俘
哈哈！你一丝不挂又到面前
你乳头微甘好比柿子无花果
你的臀部喜人宛似糖渍水果

在大海浪花中出生的仙娥
正像由我爱抚而生的娇娥
光彩女神你移脚步眼神明亮

是随时要溅血的战刀在闪光
温柔仙子你若躺下就会成为
我的盛宴和我们礼拜的美味
热情女神你若俯身风吹火旺
凡是接近火者从来不会失望
我在你火中燃烧生于你的爱
凤凰每天死而复生换骨脱胎
每一天
我的爱
总奔向你哟我心爱
好似一辆有轨电车
在轨道疾驶我乘坐
吱咯咯乱叫震耳朵
黑夜寄给我蝴蝶花
我就投给你请收下
太阳缓缓地已死亡
说我们相爱是逢场
这古老传说也泯灭
蝴蝶花同样也凋谢
白昼如给你戴金冠
黑夜就给你戴花环

璐的花冠

我在塔拉斯孔[①]边喝咖啡边抽雪茄烟
身穿红色军大衣的土著士兵
　　经过皇家饭店
将我运走的火车给你戴上我全部
　　思念的花冠
这些玫瑰花红得多鲜艳装饰你的乳房
这正是我欢快的祝愿如同一天晴朗
　　早晨的霞光

一片浊水洼好似我的心
火车向终点站飞驰的轰鸣
　　赛似一颗一二〇炮弹
而我则紧闭着双眼
　　呼吸你的腿上脉管中的鸡血石
你的双腿就是一座布满

① 塔拉斯孔，法国南方城市。

　　鸡血石的花园
一个钉在十字架上的比利时
　　女郎的浩叹

你这灰绿色的眼睛好似粼粼秋波
散发出来的芳香我的眼睛能听见
这是七个省地方血流成河
被奸污的女圣徒羞愧的嗟叹

你举起手举起手我自豪的百合花
不洁之质从朵朵花冠中全部净化
百合花啊北方塌毁的教堂的洪钟
报丧的警钟一阵紧似一阵地长鸣
法兰西国花啊百合我爱情的拱手
你们靠光明开放阳光灿烂的白昼

你的脚你的金莲丛丛金合欢花
旅途终点的灯光士兵人困马乏
——喂是我快开门吧我终于回到家
——是你呀请在阴影和悲伤之间坐下
——我满身泥水并因内心痛苦而发颤
　　我如想鲜花常思念这双淡黄金莲

——摸摸吧这脚多凉就像人要赴黄泉

你这秀发的丁香花宣告春天
这是垂死之人在痛哭在呐喊
和风沁人心脾如我们的亲吻
丁香花要飘零春天还会来临

你声音好似晚香玉你的声音
声声激励生活声音啊多可亲
命令时间命令还要加快速度
你身体的花束是时间的幸福
而希望之花装饰着你的发鬓
火焰患寒冷血汗症死而覆灭
痛苦经过你身边就立即化作

一束绽开瑰丽而神奇的玫瑰

1915年1月24日　作于塔拉斯孔

如果我死在那里

如果我死在那里死在战场上
亲爱的璐啊你就会痛哭哀伤
继而像前线爆炸的一颗炮弹
你对我的记忆也要倏忽淡忘
一发炮弹酷似开花的金合欢

这种在空间爆破散开的记忆
会以我的鲜血覆盖整个天壤
大海高山峡谷和流逝的星体
正在空间成熟的千万颗太阳
如同巴拉捷[①]一带要熟的金果

遗忘的记忆却存活在万物中
我能把你这粉色美乳头染红
也能染红你双唇和血色头发

① 巴拉捷，非洲中部刚果城市名。

你绝不会衰老这些美物种种
要为风流命运永葆青春年华

我这腔碧血注定要飞溅天地
它会给太阳增添灿烂的光芒
给鲜花增色彩给音波加迅疾
在你远离的肉体情人更精壮
前所未闻的爱就要降临人世

如果我死在那里遗忘了记忆
璐啊要时常缅怀如狂的瞬间
青春和爱情那种热情的洋溢
我的血就是幸福的火热喷泉
你既然最美丽也愿你最如意

我唯一的爱哟我最大的痴迷

1915年1月30日　作于尼姆

夜幕降临
让人预感

漫长漫长的血的命运[①]

① 这三行诗附在《如果我死在那里》这首诗的后面。三行诗为藏头诗，用Lou（璐）三个字母开头。

因为我向你谈过罪恶

我向你谈过罪恶在昨天信里
罪恶肯定和崇高的爱情无缘
它不过是沧海中的一颗沙粒
唯一的沙粒沉入海蓝色深渊

我们何不让想象力展翅苍穹
让感官在世界的废墟上起舞
也让我的激奋赛似怒涛汹涌
哪怕在浊水中滚得满身泥污

独一无二的拥抱就连成一体
我们尽可向死亡和命运挑战
一旦我们惊慌失措牙齿战栗
就把通常说的清晨叫作傍晚

你可以神化我这野性的意愿
我可以像拜神坛一样跪拜你

你下身会因我疯狂而红一片
我们的爱将保持碧空般纯洁

我们气喘吁吁张着嘴而缄默
由于尽欢身体也全瘫在那里
好似两尊大炮从支架上跌落
没关系我们的爱将始终如一

让我的心灵更加高尚而驰骋
可怜的世人往往缺乏想象力
在这一切中罪恶纯粹是幻梦
只能用来骗骗那些庸人俗子

1915年2月3日

我站岗时在思念你

我的璐呀我站岗时在思念你
你的目光是夜空闪烁的星星
整个天宇就是你的玉骨冰肌
疾风阵阵刺激欲望我这士兵
在默想中做出这可爱的构思

我的爱你不知道生离的凄楚
你不知道这同死别如出一辙
每一时刻都要增添无限痛苦
白天结束便开始咀嚼这苦涩
黑夜复来忧煎也要从头计数

但愿在记忆中爱哟我的爱哟
消泯之时还能够变美变年轻
爱哟你会衰老终有一天要老
漫长漫长的夜哟枪支多沉重
记忆在远方吹响狩猎的号角

绦　带

缪　斯

好长时间我就让你我行我素
现在我前来带给你我的谎言
诗人啊要快活可你像裹尸布
睁眼看看我吧我绝不是梦幻

诗　人

缪斯啊我多么担忧难再邂逅
这是你温柔目光敞开的裙裾
还有你这条绦带它使我臆构
在这绿色海洋前的美妙结局

爱　神

算了别冲动你的缪斯又复返
她只能隔着辽阔的空间爱你
但要她给你两个吻以示至善
要知足因为无不厌倦与消逝

诗　人

然而爱神你很清楚你太驽骀
何不偷她绦带给我编个花冠
我一定满足于畅想这条绦带
在她那袅娜仙体所束的腰间

缪　斯

诗人啊我这就可以吻你两下
我永远爱你以柏拉图式爱情
但你要属于我只奉我为大法
接受这绦带是我精美的馈赠

诗　人

我崇拜这绦带缪斯啊我的爱
它滚圆像天宇也像你的乳房
它宛如你的笑口从中间张开
它修长好似音韵永续的诗行
它是我的艺术是生命和痛苦
它是虚幻假象又纯粹是光明
它显示瑰美绝艳而五光十色
它是我的缪斯走之后的替身
它替代你娇躯也是你的形体
它抓住你躯体就像捕获珍禽
快去吧快去吧向东向北跟随
爱情勇敢和快乐那三位女神
当我前往那里或去别的地点
缪斯啊你理想绦带伴我同行
这虚诞的七色彩虹多么美艳
今晚装饰惨淡海洋上的天空

缪　斯

别了你我从此一别难再期遇

夜幕就要降临爱神急不可待

诗　　人

嗳！这又有何妨我毕竟爱过你
今晚我永远解下你这条绦带
而你却没有我半点遗灰骨殖

爱　　神

寄希望于爱吧诗人她会复返
又给你带回敞着裙裾的缪斯
爱神所说的话诗人必会履践
别了暮色渐浓大海不再发绿

诗　　人

别了小爱神背情负义的孩子
夜色惨淡我终于又独自徘徊
我爱你哟绦带你根本不存在

等　待

大家等待赢得胜利的时刻
大家盼望爱情盼望光荣
　　大家在采撷
最后的丁香如极低的亲吻

大家等待的亲吻比这轮明月
　　还要甜蜜
而春花一朵一朵凋落
烤焦的日本蛋满是苍蝇屎
玫瑰的蚜虫
这是胜过涅夫斯科耶[①]的前景
一条游蛇同一位大主教
教皇是最高统帅
演奏了比利时国歌而鼠李[②]

① 涅夫斯科耶，俄国地名。
② 鼠李，一种灌木。

　　关闭了天际
有人运来备用的电线杆
近期的冲积层
敞开的白色战壕啊就像一个
　　带壳溏心蛋
水塘里的青蛙露着头静止不动
你的头发同糖块一样柔和
一座时钟只显不眼白
你的乳房抵得上四分之一的骑兵
螺旋楼梯现代更美的小说
她的须毛赛似铁蒺藜
鼻孔中的拒马
可是告密者在哪里以便让我至少
再看到蔑视
这个小姑娘有少校军衔
文身的乳房图案活像香蕉
这里有个老海员曾鸡奸过一个印度人
小金牛又放了一炮
面包铺老板娘同塞内加尔人相好
装着日本女人的镀金笼子
一夜又一夜丁香花死去
必须沿着第二阶梯的一道弧线

　　　迅速绕行
以便回到正在哭泣的过去时日
那些最迷人的光阴
　　　一名副炮手
像当初第欧根尼[①]那样面对大军发抖
　　　还有一个人
用自行车气筒给自己的大家伙打气

① 第欧根尼，约前410—约前323，希腊哲学家，人称犬儒主义哲学家。

行军车上吟

我们行进我们行进却不移动脚步
我们吃完饭喝水嘴就对着行军壶
我们在到达第戎之前所见到的
　　最后一棵开花的树
（因为尼姆一带花季已经结束）
粉红的枝头就像你处子般的乳房
我的生活已过时如昨天的报纸
女人哟我们喜爱你们的形象
我们坐在车厢如鸟儿在笼子里
你是否还记得索斯佩勒的大雾
一个小姑娘有了你原初的罪孽
我们去格拉斯之前在旺斯那一夜
那芒通旅馆而一切要过去要毁损
等将来你变老了我的年轻美人
当你的美好夏天过去冬季来临
当我的名字传遍了世界各地

你听人提起吉约姆·阿波利奈尔
就会说他爱过我并引以为自豪
敞开你的心吧你向我敞开过怀抱

记忆就是无止境相连的小花园
园里蟾蜍呼唤着碧空叫声轻柔
在狂乱的寂静中牝鹿去如闪电
我在你玉体摘花的玫瑰枝头
有一只失恋的夜莺伤情地吟唱
我们的心一同悬在石榴树上
而石榴落花穿过我们敞开的心
一朵朵纷纷落下覆盖了幽径
树木飞跑啊树木飞跑又飞跑
天边向火车迎来仿佛已经约好
只见那些电线杆子无不在热恋
一根根鹿鞭挺立指向静美的天
深受爱的蓝天亲爱的璐我崇拜
失去的天堂哟我还渴望要你
我们所有深深的吻我又忆起来
一些回忆之后还有别的回忆
徐徐吹来的清风宛若狠咬的吻

有……

有一座座玲珑的小桥
有我这颗心只为你而跳
有一位女子在旅途上悲泣
有一幢小别墅坐落在花园里
有六名士兵寻欢作乐迹近发狂
有我这双眼睛在寻觅你的影像

有一片秀丽的树林覆盖着小山
有一名老兵在我们经过时小便
有一位诗人痴情思念他的小璐
有一个秀色可餐的小璐在大巴黎居住
有一个炮兵阵地设在森林
有一名牧人正在放牧羊群
有我这属于你的生命
有我这自来水笔在疾驰狂奔
有一道白杨屏障袅娜又袅娜

有我这一辈子蹉跎而又蹉跎
有我们曾相爱的芒通的窄巷
有鞭笞同学的索斯佩勒小姑娘
有我装在燕麦口袋里的赶车鞭子
有比利时火车车厢在轨道上行驶
有我的爱情
有我的一生
我爱你

我的回忆[1]

璐哟我的回忆就是这片平原
一望无际只有乌鸦斑斑点点
这爱情飞机的翅膀已然合拢
四外眺望唯见这一座座坟茔

狂风在黝黯的冷杉林里悲鸣
我的璐啊我要埋葬在忧伤中
你的大眼睛是我唯一的伙伴
我若被你忘记岂不彻底完蛋

一九一五年多少人这样死去
去吧快去吧下到十八层地狱
掷骰子赌一赌骰子显示命运
我听见两军炮兵掷骰子声音

① 这是一组诗，仅选译四节。

两名炮兵中士嬉笑着在打牌
一位头发血红的妙人儿蘸着圣水
　　在画十字
有个人用奥地利炮弹壳上的铝圈
　　正在锉成一枚戒指
一顶步兵军帽给这坟墓罩上阳光
这里痛饮香槟酒在士官食堂
德国人就在这些山峦的后面
伤员像阿里阿德涅一样叫喊
巨大的欢乐啊哀怨的名称
罗马尼斯巴黎卡涅格拉斯旺斯
　　索斯佩勒摩纳哥尼姆芒通
一列雪顶的火车开往西伯利亚
　　给托木斯克[1]送去香槟的消息
别了我的小璐别了
别了天空的头发已经花白

1915年4月6日　作于大穆尔莫隆村

---

① 托木斯克，当时俄国西西伯利亚托木斯克州的首府。

我 的 心

我的心哟今晚伫立在水闸前
我久久仰望
这颗星璐哟它使我肝肠寸断
又使我欢畅

我的忧伤和热情璐哟我的爱
时光在流转
夜复一夜如白昼般过得飞快
一夜夜展现

德军的炮弹串成邪恶的念珠
这就是春天
快乐的鸟儿到处在飞旋追逐
大家都心欢

大家都心欢在这河流的岸边

在这片森林
死亡在大地逞凶大家都心欢
但下了决心

下了决心准备牺牲以便让你
生活得如意
枪林弹雨已经焚毁淫荡的花
焚毁这花蕾

这花蕾曾经生长在我的心中
人称为记忆
现在花败仅仅残存它的幽灵
这就是情欲

花魂只在夜间我困倦时莅临
愿白天登门
而黄金森林灿烂的阳光辉映
宛如这爱神

乌云翻腾而去要把世界游遍
还等待何时
我俩也同去踏遍金黄的沙滩

再屈膝跪地

跪向浩瀚而震荡的大海祈祷
当这橘树上
同你相像的金果已长熟丰饶
那遇难身亡

葬身海底的一批批不幸海员
却纹丝不动
夜倾听无情波浪歌唱着死亡
璐哟全入梦

我凭借木柴火堆的颤动光亮
独自勤笔耕
炮弹不时呼啸飞到远处爆响
有时却忽听

大路上一名骑兵在策马飞驰
嗒嗒的蹄声
有时鸱鸺那令人心悸的悲啼
缓缓地上升

夜色朦胧勉力草就这些诗行
别了我的心
我同样画出神秘的符号征象
巨大的福运

璐哟我的神秘爱啊人世生活
将赐给我们
永远也不会餍足的无限欢乐
我们将亲身

体验那确为独一无二的爱情
别了我的心
我望见这颗闪烁的神秘之星
它色调晦隐

正是你眼睛迷离恍惚的色彩
我见你凝神
便立时感到剧痛如伤口裂开
别了夜已深

一 只 夜 莺

一只夜莺失欢悲伤
反复哀吟婉转地鸣唱
时而大调
时而小调
但愿时值熏暮
它能歌喉轻舒
赞颂你呀我的情爱
我亲爱心爱的小璐

一九一五年四月二十二日夜景

吉[1]为璐歌唱

我心爱的小璐但愿我死去
　　好有一天你能爱我
但愿我长得英俊好让你爱我
但愿我长得强壮好让你爱我
但愿我年轻再年轻好让你爱我
但愿再爆发战争好让你爱我
但愿我抓住你好让你爱我
但愿我们单独在格拉斯一家旅馆
　　客房里好让你爱我
但愿你是我妹妹好让我和你乱伦
但愿你是我的表妹好让我们
　　从小就相爱

① 吉，即吉约姆，阿波利奈尔的名字。

但愿你是我的马好让我长久地
长久地骑你

但愿你是我的心好让我身上
总能感到你
但愿你是我的天堂或地狱
无论我去哪里
但愿你是个小男孩好让我当你的
家庭教师
但愿你是黑夜好让我们在黑暗中相爱
但愿你是我的生命好让我只通过你存在
但愿你是德军的一发炮弹好以
突如其来的爱将我杀死

利利特和普洛塞耳皮娜[1]

（在地狱）

我们在黑夜中野蛮地相爱
绝望的产物身受禁欲之害

---

① 普洛塞耳皮娜，罗马神话中的冥后，即希腊神话中的珀耳塞福涅，宙斯和谷物女神的女儿。

蝙蝠像女人那样有经血

小　璐

不要这样讲而应说有月经

利　利　特

我创造了红海对付男人的欲望

普洛塞耳皮娜

我将忘河拉下它的睡床
我用忘河水当作春药淹没世界

赫斯特巴赫修道院长生鸟

我就是永生
美神的香魂
我啃噬夏的黄香李
我是大慈大悲的火风
大肆挥霍的鹈鹕

真理的残忍的雄鹰
血红光明的红喉鸟
乌鸦忧郁的善的化身
变得不那么迟钝

祈　祷

总在抬高的降低
做完学生为人师
爱而不为人所爱
烟啊烟多美丽

快　乐

哈哈哈哈
我又指挥又命令
我在撒马尔罕[1]恶中生
但是不能让我等

① 撒马尔罕，俄罗斯地名。

愧　　疚

你们两个都叫我父亲吧
艺术是我们多形体的儿子
我敞开胸怀都进来这是你们家
这里有一座钟能报时

第三十八团第五炮队

战马嘶鸣你们都熄灭灯火
人不要睡觉弹药车已装好
你听战争的飞虎嗷嗷叫

吉

我在想你我的璐而不想睡觉

小　　璐

我在你的困倦里天涯咫尺

人世或世人

我的小璐啊我要把你夺回
忘掉你的士兵吧来参加我的盛会

未　　来

璐和吉还有你狗狗你们仨请看
　　　　那神奇的海岸
　　像科尔多瓦[①]的一座迷人城市
在安达卢西亚那些普通人
　　被你们的心
　　　　你们的古怪所吸引
他们要赠给你们甘蔗花
　　你们若愿意还能看得更远
　　热带地区的大自然
离城二十分钟有一座白色城市
　　海上一个小地方丽舍美园
你们会赞扬一座宫殿
　　璐从每扇窗户伸出手

① 科尔多瓦，西班牙城市，省会。

　　都能触到棕榈树叶
小山羊驴子和驴骡将陪同你们
　　　　而且驴骡
像女郎一样迷人一样富于表情的眼神

吉

我关心未来尤其关心我的爱
但是未来艺术和艺术家却引不起
　　我的兴趣
　　在巴黎将有塞纳河
　　以及我那小璐的目光

死于一九一三年的少女合唱队

当初美丽的姑娘去树林
每人都拿着一枝玫瑰
如今再从树林中返回
手中再也没有什么花枝

只因从前那些小青年
一去就不见他们复返

当初爱过我们的人哟
带着玫瑰花上了前线

死亡哟带我们进林中
以便找到死去的玫瑰
而树林中的那只夜莺
歌声婉转还一如往昔

我 要 的 是

我要的是我心灵中照片的现实
只要这现实除此别无所求
　　　　我每下心跳
就像一张先知的口不断地重复
　　重申这种意愿
世上其他所有影像无不虚诞
　　它们仅具幽灵的形体
人世好怪异我周围是钢铁植物
　　　　在地底
　　　　生命哟企盼朝阳
这宇宙装饰奇异骗人的把戏
　　恐怕正是巫术诡计
　　　　在托莱多[1]
就曾有一所最著名的魔鬼学校
　　而我看这世界更真切清晰
　　　　是照你的形象塑造

① 托莱多，西班牙城市，省会。